古典文獻研究輯刊

二　編

曾　永　義　主編

第 28 冊

王魁故事研究

吳　儀　鳳　著

國家圖書館出版品預行編目資料

王魁故事研究／吳儀鳳 著 — 初版 — 新北市：花木蘭文化出
版社，2011〔民 100〕
目 2+160 面；19×26 公分
（古典文學研究輯刊 二編：第 28 冊）
ISBN：978-986-254-515-7（精裝）
1. 民間故事 2. 說唱戲曲 3. 傳奇戲曲 4. 文學評論
820.8 100001164

ISBN-978-986-254-515-7

9 789862 545157

古典文學研究輯刊
二 編 第二八冊 ISBN：978-986-254-515-7

王魁故事研究

作 者 吳儀鳳
主 編 曾永義
總 編 輯 杜潔祥
出 版 花木蘭文化出版社
發 行 所 花木蘭文化出版社
發 行 人 高小娟
聯絡地址 新北市永和區中正路五九五號七樓之三
 電話：02-2923-1455／傳眞：02-2923-1452
網 址 http://www.huamulan.tw 信箱 sut81518@ms59.hinet.net
印 刷 普羅文化出版廣告事業
初 版 2011 年 3 月
定 價 二編 30 冊（精裝）新台幣 48,000 元

王魁故事研究

吳儀鳳　著

作者簡介

吳儀鳳，國立中央大學中文系、法文學系雙學士學位，國立中央大學中文研究所碩士，輔仁大學中國文學系博士。現任教於國立東華大學中國語文學系。《王魁故事研究》是由中央大學中文系李國俊教授指導之碩士論文，1995 年 6 月畢業。

提　要

　　本論文以「王魁負桂英」故事為研究對象，對其進行歷時性與共時性兩方面的探討。內容包括：一、王魁故事的本事及早期面貌，二、王魁故事成型後的發展與演變，三、近代王魁故事的改編與流傳系統，四、王魁故事作品的藝術成就，五、王魁故事傳播的媒介形式等。

目

次

第一章 緒 論

第一節 研究對象

一、故事研究的層次

本論文題目爲「王魁故事研究」，意即：本文所要研究的對象是「王魁故事」。不過，在說明「王魁故事」之前，先要對使用「某某故事研究」這樣的論文題目略作說明。

近年來臺灣地區產生了不少題爲「某某故事研究」的專門論文，〔註1〕且已逐漸形成一個可以與其他論文有明顯區分的類別。其研究對象係某一故事，這與傳統以某一作家或某一作品爲對象的研究不同，本文暫以「單一故事研究」來稱呼這一類以某一故事爲對象的研究，〔註2〕而本文的研究亦屬於這一類。

〔註1〕 參見林鶴宜〈臺灣地區「中國古典戲曲研究」博、碩士學位論文寫作概況（民國45～82年）〉（分上、下篇，分別載《國文天地》9卷5期，民國82年10月，頁92～97；及9卷6期，民國82年11月，頁102～109。）一文，其中「主題研究」部分所列之論文題目（頁96），以「某某故事研究」爲論文題目者多達十七篇。

〔註2〕 有人將這一類研究稱爲「主題研究」或「主題學研究」，但本文認爲「單一故事研究」與「主題研究」並不等同，「單一故事研究」處理的是一個可以獨立且完整的故事，而這個故事可能在演變過程中呈現不同的主題；而「主題研究」或「主題學研究」所處理的則是不同作品中所出現的相同主題，而這些作品卻不一定繫屬於同一個故事。因此，二者並不等同。

一般對於「故事」一詞的使用，係泛指一切傳說、軼聞。因此廣義而言，神話、傳說、寓言等均可籠統地稱為「故事」。但在「單一故事研究」中所謂的「故事」乃是較狹義的用法，指的是：在「故事」一詞前冠上標題，〔註3〕用來專門指稱某一故事者，例如：「孟姜女故事」、「白蛇故事」、「薛平貴故事」等。此時它當作一種特定的用法，指稱的是：某固定結構的故事。

為能更清楚有效地說明本文的研究對象，首先必須了解以「某一故事」作為研究對象時，與「某一作品」的研究有何不同？茲就具體作品至抽象概念的過程，將一般對「故事」一詞的理解作出如下三種層次的區分：

一、敘事作品。例如唐傳奇中著名的〈霍小玉傳〉，為蔣防所作；另外同樣以霍小玉故事為題材的戲曲名作《紫釵記》，是著名的《玉茗堂四夢》之一，為明代湯顯祖所作。雖然二者取材相同，但處理方式卻有極大的差異，無論是在文學類型上、故事情節上，均明顯有別。因此，分別來看時，均可獨立成為一個作品，它是具體的存在，是吾人從事故事研究時所必須依據的基本材料。

二、故事。由這些具體作品中所抽繹出的故事結構則屬於另一層次，如霍小玉故事、白蛇故事。此一層次（故事）相對於具體的作品而言，較為抽象，因為它並非限於某一具體作品之內容，而可能是諸多作品中所呈現出的相同故事，因此其變化的彈性比較大，在某些細節上可以不定于一，得自由靈活地變化。例如湯顯祖《紫釵記》雖然取材於唐傳奇〈霍小玉傳〉，但在情節和結局的安排上與原著有相當大的差異。

〔註3〕 故事最初大多是沒有標題的，後來流傳日久，大家為了要有所區分，就自然而然地給它們加上標題，這些標題大多時候是故事中主角的姓名，如：孟姜女、西施、薛平貴、楊家將、狄青、王昭君等，這些標題同時也成為人們對此一特定故事的簡稱。除了主角姓名常被拿來當作標題外，另外還有一種常見的標題是取著名文學作品之名，如：「西廂」故事、「西遊」故事、「水滸」故事等，這些是以作品名稱來作為故事標題者。一般而言，如果是一個流傳久遠的故事，人們在看到故事標題時便很容易產生大致的情節聯想。換言之，這些標題故事多是獨立的、有別於一般的傳說，它們具有某些足以使人辨識的特點，這有可能是故事中人物的典型或者是大致固定的情節架構，例如提及楊妃故事，馬上會使人聯想到：那就是唐明皇的愛妃，在安史之亂時，六軍不發，不得不死於馬嵬坡前的薄命紅顏。這正是因為此一故事流傳久遠，幾乎可說是家喻戶曉，因而可使聽過此一故事的人藉著某些提示便能聯想起一個故事梗概，而這些提示（如人名或故事大綱）便成為此一故事之所以有別於其他故事的重要標識。

　　然而說《紫釵記》寫的是霍小玉故事這一點卻是毋庸置疑的。

　三、主題。當幾個不同的故事擁有共同的主題時，在故事的層次上又可以抽繹出更爲抽象的「主題」此一概念來。例如：「王魁負桂英」、「趙貞女與蔡二郎」、「臨江驛瀟湘夜雨」、「棒打薄情郎」、「鍘美案」等〔註4〕故事，均是描述男子中舉後拋棄前妻者，其主題均在於：譴責男子中舉後之負心行爲，因此又可以其主題相同而合併爲一涵攝範圍更大的類型。

　　換言之，這三種層次的區分可簡略表示如下：

　　第一層次──具體的文本、作品，如元雜劇尚仲賢《海神廟王魁負桂英》

　　第二層次──由不同文本中抽繹出的同一故事，如：「王魁負桂英故事」

　　第三層次──由不同故事中找出共同的抽象概念（即主題），如：「負心」

相應於以上所言，像〈唐傳奇《李娃傳》賞析〉〔註5〕或《漢宮秋》主題的表現〉〔註6〕這一類的研究基本上都是偏重於已經形成具體文本的作品研究，屬於第一層次「具體作品」的研究。而像顧頡剛〈孟姜女故事研究〉〔註7〕並非以某一具體作品爲主要研究對象，而是針對所謂「夫死──妻哭──城崩」這樣的故事爲研究對象者，則可說是屬於第二層次「故事」的研究。而類似像陳鵬翔〈中西文學裡的火神〉〔註8〕及趙潤海〈中西戲劇中道德主題的表現：以馬克白與竇娥冤爲例〉〔註9〕這樣的論題，則可說是第三層次「主題」的研究，而這一層次的研究可說最概念化、最抽象，其範圍也最廣，甚至已進入跨國、跨文化的比較研究。從敘事的角度來看，這三種層次均可廣義地稱爲

〔註4〕例如邵曾祺〈宋元戲曲小說中的負心型故事及其後來〉（收入趙景深主編《中國古典小說戲曲論集》，上海：上海古籍，1985年，頁127～135）、俞爲民〈宋元婚變戲與明代的翻案戲〉（收入氏著《宋元南戲考論》，臺北：臺灣商務印書館，1994年）、孔瑾〈從趙貞女到秦香蓮〉（《劇作家》（哈爾濱），1991年第2期，頁88～95）等文章皆將這些故事視爲同一類型來討論。

〔註5〕李李，《中國國學》，19期，民國80年11月，頁139～142。

〔註6〕曾錦漳，香港《浸會學院學報》，11期，民國73年，頁19～24。

〔註7〕〈孟姜女故事研究〉一文原刊於《現代評論》二週年增刊（1927），收於《孟姜女故事研究集》第一集，廣州，1928年。後王秋桂編《中國民間傳說論集》（台北：聯經，1980年）及《孟姜女故事研究集》（顧頡剛編，臺北：漢京文化事業公司，1985年）均收入此文。

〔註8〕收入陳鵬翔編《主題學研究論文集》（臺北：東大圖書公司，1983年），頁31～68。

〔註9〕《東海文藝季刊》，第5期，民國71年11月，頁24～29。

「故事研究」；但若要予以詳細區分的話，那麼第二層次可說是狹義的「單一故事研究」，第一層次則屬於「作品研究」。至於第三層次，可稱爲「主題研究」。〔註10〕而本文所進行的王魁故事研究自是以第二層次的研究爲主。

二、單一故事作爲研究對象的確立

確定了以上三個層次的區分之後，再來看另一個問題：如何釐清某一故事的具體範圍？

就具體作品而言，唐人小說《李娃傳》與元雜劇《李亞仙花酒曲江池》有什麼關聯？就故事概念而言，「趙貞女故事」與「王魁故事」又有何不同？是否能將《琵琶記》視爲「王魁故事」的材料？很明顯地，唐人小說《李娃傳》與《李亞仙花酒曲江池》雜劇是取材於同一故事的不同作品。就研究《李娃傳》小說而言，《李亞仙花酒曲江池》雜劇並非該作品的研究範圍與對象，該雜劇僅是做爲間接的參證材料而存在。但就「李娃故事」（或「李亞仙故事」）而言，二部作品均爲研究此一故事的範圍與對象，皆爲其直接的一手資料。而「趙貞女故事」與「王魁故事」，若既已在概念上區分爲兩個不同的故事，則在材料的取擇上，自然有所不同，不能相互取用，混爲一談，除非是做爲間接引證的資料。由於一個故事在流傳過程中其面目往往會呈現多樣化的變異，因此，不免令人納悶，究竟有沒有一些是屬於這些不同面目的共同點？換言之，這個故事是否有其基本構成條件？如果答案是否定的，如此一來，單一故事研究便無法成立，因爲其研究對象根本無法確定。換言之，單一故

〔註10〕本文中的「主題研究」與西洋之「主題批評」不盡相同，西方主題批評中的「主題」涵意較廣，包括本文中所謂的「故事」。一般說來，西方的「主題」可以分爲兩大類：「一是比較抽象的和概念的（如人際間的關係：愛、尊重、仇恨、野心；人生觀：信實、奉獻、懷疑……；心理學的類型：說謊者、吹牛者、偽善者……）；另一類由索引的名字所形成（安提戈娜〔Antigone〕、蘇格拉底〔Socrate〕、唐璜〔Don Juan〕……），這些名字來自於一種文學傳統，它們經作家們採納或改編後又可以再被細分，像伊底帕斯（OEdipe）、德沙（Thésée）或普魯米修士（Prométhée）可以被歸爲神話英雄；或是像特麗斯妲（Tristan）、唐璜（Don Juan）、浮士德（Faust）一樣，屬於文學裡特有的人物；或是由許多作品所勾劃出來的歷史人物，例如：亞歷山大（Alexandre）、凱撒（César）、拿破崙（Napoléon）……」（譯自《法語文學辭典》（*Dictionnaire des Littératures de langue francaise*, pp.2459～2461）前者（即比較抽象的和概念的主題）接近本文所謂的「主題研究」，後者（即由索引的名字所形成的主題）接近本文所謂的「故事研究」。

事研究之所以能夠成立，其前提即在於：一個故事儘管千變萬化，它仍是具有一些普遍被接受的基本條件存在。

三、王魁故事的基本條件

研究「王魁故事」首先會面臨到的問題是：「何謂『王魁故事』？」「它有何固定形態？」「我們如何辨別出這個故事是『王魁故事』？」這些問題中隱含了兩個必須先予以澄清的問題：第一、王魁故事是否為一個獨立的故事？可以和別的故事有所區別？第二、它有無大致固定的情節架構？

對於一個至今仍在流傳的故事而言，第一點的回答應是肯定的，我們當然可以知道王魁故事指的是一個獨立的故事，因為它有自己的故事內容，有別於其它故事，雖然它可能與某些故事很相似，但我們仍然可以區分出其間的相同與相異之處。作為一個獨立的故事，王魁故事在這一點上應該是可以成立的。

其次，故事的特性在於它會不斷增刪改變，不過仍有一些作為其本質的根本元素是不變的。換言之，故事的形式會變，內容會變，但其中仍有一些不變的質素是可以使人辨認出來的。否則，單一故事將失去其可以獨立的基本依據，而研究也將無法進行。所以當我們說某個故事千變萬化時，指的可以是其表現形式，當然也可能是內容上千變萬化，但它一定會有一個不變的主體。我們對這個故事的研究所憑藉的基本條件即在於此。

再回到本文的研究對象「王魁故事」上，前面曾說過：「王魁故事」其實是「王魁負桂英故事」的省稱，由後者我們得出王魁故事兩項重要的基本條件。第一是作為負心類故事的要件，「王魁負桂英」此一故事名稱中的「負」字，即「辜負」、「負心」之意。換言之，這個故事中必須有男主角（王魁）辜負女主角（桂英）的主要情節。然而許多負心類故事皆具有此一條件，因此欲使王魁故事得以獨立出來便得加上第二項基本條件：故事中男女主角的名字分別是「王魁」與「桂英」。如此一來，王魁故事的範圍才不致與其他類似的負心故事難以劃分。兩項條件必須同時具備才得視為王魁故事，亦即：除了故事中男女主角的名字必須是「王魁」、「桂英」外，還必須要有王魁辜負桂英，或王魁負心的主要情節。在此必須加以補充的是：有王魁負心的主要情節並不表示故事的結局一定是王魁負心。換言之，即使其結局為王魁不負心，但仍有「王魁負心」此一主要情節者，仍可算是「王魁故事」，例如明代王玉峰的《焚香記》。

　　然而在實際從事研究工作時，仍必須以具體的作品爲依據。以王魁故事爲題材的作品很多，詳細目錄可參見本章末所附表 1-1：王魁故事作品目錄（頁 14），至於其中的內容和一些相關問題將陸續在以下各章述及。

第二節　研究目的

一、王魁故事的歷史地位

（一）南戲早期的代表劇目──戲文之首

　　至於本文爲什麼選擇「王魁故事」作爲研究對象呢？這可由它在戲劇史及文學史上的地位談起。吳志達《明清文學史·明代卷》在〈南戲發展概貌〉一節中提到：

> 宋末年宣和年間（1119～1125）已經有原始性的南戲，南宋光宗
> （1268～1194）朝開始出現南戲劇本，永嘉人作的《趙貞女蔡二
> 郎》、《王魁負桂英》就是最早的南戲劇本。（頁 135）

之所以會有「《王魁負桂英》是最早的南戲劇本」這樣的說法，其來有自。明代的徐渭在《南詞敘錄》中一開始便說道：「南戲始於宋光宗朝，永嘉人所作《趙貞女》、《王魁》實首之。」但其實早在徐渭之前的葉子奇便已有類似的說法，《草木子·卷四·雜俎篇》云：

> 俳優戲文始於《王魁》，永嘉人作之。識者曰：「若見永嘉人作相，
> 宋當亡。」及宋將亡，迺永嘉陳宜中作相。其後元朝南戲尚盛行，
> 及當亂，北院本特盛，南戲遂絕。

《草木子》爲葉子奇所作，此書自序題爲洪武十一年（西元 1378 年）作，〔註11〕則葉子奇大約爲元末明初時人。其時代比徐渭早了一百八十一年，〔註12〕由此可知：徐渭之說本有所承，早在明太祖時即有「俳優戲文始於《王魁》」的說法。雖然《草木子》所言未必完全符合歷史事實，但既然出現這種說法，推想有以下兩種可能：一是南戲一開始即以演出《王魁》此一劇作著名。二是在《王魁》之前，南戲此一劇種即已存在，但當時或許並不廣爲

〔註11〕《四庫全書總目·卷一百二十二》云：「《草木子》四卷，明·葉子奇撰。……
　　　　書前有子奇自序，題戊午十一月，乃洪武十一年，即子奇罷巴陵主簿，逮繫
　　　　之歲，此書蓋其獄中所作云。」
〔註12〕徐渭自序中言《南詞敘錄》作於嘉靖己未，即西元 1559 年。

人知，而是因爲《王魁》這部劇作方使得南戲更普遍爲人所知，以致於大家才會產生「俳優戲文始於《王魁》」的印象。總之，不論是哪一種可能，都無礙於將《王魁》視爲南戲早期的代表劇目，而所演出的內容正是「王魁故事」，就這一點而言，王魁故事也具有一定的歷史價值。

而「王魁負桂英」此一故事，在某些早期比較具有代表性的具體作品亡佚之後，其故事內容卻仍可藉由其他相關的記載、資料（如筆記、話本、和其他戲曲作品）被保存下來。因此「王魁故事」不僅是一個歷史上曾經出現過的故事，並且它還曾經流行過，曾經對南戲的發展產生一定程度的影響。這是它在文學史、戲曲史上不可抹滅的歷史意義。

（二）負心類故事的典型

此外，王魁故事爲人熟知的另一特色更是在於其作爲負心類故事的典型。例如「在四川地區……的『城隍廟』，十殿中有王魁與桂英的塑像；祠廟樑柱雕刻的裝飾中，有王魁與桂英的戲文；現代還到處有人把『王魁』二字用來諷刺有類似行爲的人。」（許肇鼎〈王魁的故事和劇本〉，頁75）可見「王魁」在民間已成爲「負心漢」的一種典型代表了。

而前人在敘及才子佳人悲歡離合故事時，也都不免提到王魁故事，例如《宦門子弟錯立身》第五齣【排歌】云：

> 聽說因依，其中就裡：一個負心王魁；孟姜女千里送寒衣；脫像雲
> 卿鬼做媒；鴛鴦會，卓氏女；郭華因爲買胭脂；瓊蓮女，船浪舉，
> 臨江驛內再相會。（《永樂大典戲文三種校注》，頁231）

可見在才子佳人悲歡離合故事的大類中王魁故事可算是其中的一小類。更明確地來說，便是負心類故事中的一種典型。例如《南詞新譜・卷四》【正宮・刷子序】「書生負心」即提及：

> 書生負心：叔文翫月，謀害蘭英；張協身榮，將貧女頓忘初恩。無
> 情李勉，把韓妻鞭死；王魁負倡女亡身。歎古今，歡喜冤家；繼著
> 鶯燕爭春。（集古傳奇名）

可見王魁故事透過其他作品的不斷徵引，來表達有關負心的主題與情節，已成爲書生負心類型故事的典型之一。典型的成立，正展現了深厚的歷史傳統之影響，這也是王魁故事不可忽視的歷史意義。

正由於王魁故事具有上述的歷史地位，而過去對於此一故事的研究也很有限，因此今日有必要對此一故事做更深入、更全面性的研究。

二、王魁故事的流行程度

　　張庚、郭漢城之《中國戲曲通史》中嘗列舉出被南戲、宋雜劇、話本、諸宮調鼓子詞等四類名目所取材的故事作品（頁110～頁113）。雖然這份表格所依據的材料有限，未必能呈現出實際的狀況，但是亦不妨拿來作爲參考。其中南戲、宋雜劇、話本、諸宮調鼓子詞四種名目兼具者只有「張珙西廂記」和「崔護覓水」，四者具其三的有：「負心王魁」、「卓氏女」、「洪和尙錯下書」三種。由此可知：「王魁」早在宋元時即有南戲、宋雜劇和話本等三種以上的演出方式了。而演出方式的多樣化，正顯示出：王魁故事在傳播上占有不少媒介，這自然能促使此一故事更加地廣爲流傳。

　　而南戲《王魁》既然又被稱爲「南戲之首」，可見其來源當不晚於南宋末。單是以《全元散曲》中所提到的戲曲名稱來看，提到「王魁」、「桂英」或「海神廟」者便不勝枚舉，其中時代較早者，如徐琰（？～1301）其【雙調・蟾宮曲】青樓十詠中第八首「言盟」，云：

> 結同心盡了今生，琴瑟和諧，鸞鳳和鳴。同枕同衾，同生同死，同坐同行。休似那短恩情沒下梢王魁桂英，要比那好姻緣有前程雙漸蘇卿。你既留心，俺索眞誠，負德辜恩，上有神明。（頁79）

徐琰爲元初時人，既然他的作品中已提到「王魁」、「桂英」，可見王魁故事在元初時已有一定程度的流傳。此外，著名的元曲作家馬致遠（1250？～1321？）也曾寫【南呂・四塊玉】海神廟，云：

> 彩扇歌，青樓飲，自是知音惜知音，桂英你怨王魁甚？但見一箇傅粉郎，早救了買笑金，知他是誰負心？（《全元散曲》，頁236）

可見王魁故事在元代應是大家耳熟能詳的故事之一，否則它也不會在時曲中被當作典故，且使用得如此頻繁。

　　而以「集雜劇名」爲題的元明套曲中也幾乎都免不了提到「王魁負桂英」，試看沈璟【仙呂・八聲甘州】套【解三酲】一套：

> 笑月老自來不省判煙花，總是閒評，縱恩情一點嬌紅證，今日裡也似碎冬凌，指望多情雙漸憐蘇小，到做了薄倖王魁負桂英，眞箇是紅顏命，只落得青衫濕淚，紅葉題情。（《太霞新奏・卷一》）

其中便提及王魁負桂英此一故事，同樣的句子在孫季昌【正宮・端正好】「集雜劇名詠情」中也有：

> 【滾繡毬】付能的瀟湘夜雨晴，早閃出烏林皓月明，正孤雁漢宮秋

靜，知他是甚情懷月夜聞箏，那時節理殘粧對玉鏡臺，推燒香到拜
月亭，則被這儮梅香緊將咱隨定。不能夠寫相思紅葉題情。指望似
多情雙漸憐蘇小。到做了薄倖王魁負桂英。撇得我冷冷清清。(《全
元散曲》，頁 1239)

看來元代人們對於王魁負桂英故事的熟悉程度並不見得會下於馬致遠的《漢
宮秋》或是白樸的《梧桐雨》。

　　綜合來看，提到王魁、桂英的這一類曲文大多時候是與元和、亞仙，鶯
鶯、張生及雙漸、蘇卿等故事相提並論的。〔註 13〕在這四個故事中，除西廂
故事外，皆有一共同點，即女主角的身分為妓女，而男主角的身分均為士人。
這也可能是它們之所以常被人相提並論的原因吧？不過，就研究論著的數量
來說，「王魁故事」可說是比較少的。以專著而言，「西廂故事」研究之豐，
自然不在話下。而「雙漸蘇卿」則分別有李殿魁《雙漸蘇卿故事考》(民國 78
年) 和齊曉楓《雙漸與蘇卿故事研究》(民國 77 年) 兩本。「李亞仙故事」則
有李師國俊《繡襦記及其曲譜之研究》(民國 73 年) 及英人杜德橋 (Glen
Dudbridge) 之《李娃傳》(The Tale of Li Wa—Study and critical edition of a
Chinese story from the ninth century, 1983)。然而王魁故事，據目前所知，僅有
上海戲劇學院程梅笑《王魁戲考論》之碩士論文 (1991 年) 為惟一的專著，
至於研究王魁故事的單篇論文其數量也很有限，因此本文嘗試對此一故事再
做一綜合性的研究。再者，評判一個故事是否受歡迎或受重視，除了學者的
研究之外，文學、戲劇上的實際創作及演出活動的興盛與否，恐怕更是一項
重要的參考指標。就這方面而言，清同治年間川劇舞台上著名的《情探》乃
「王魁故事」在近代地方戲曲舞臺上受重視的事實，所謂「講川劇必講《情
探》，不知《情探》則為不知川劇。」(鄧運佳《中國川劇通史》，頁 356) 在
川劇《情探》之後，作家們也積極地參與改編或重寫「王魁故事」的工作。
例如田漢曾編有《情探》一劇，最初是寫二十七場京劇 (1944 年)，後來又與
安娥女士改編為越劇 (1957 年)，之後仍陸續有不少劇作家，如俞大綱、李玉

───────────

〔註 13〕例如李殿魁先生《雙漸蘇卿故事考》中，說到與「雙漸蘇卿故事」有關，但
　　　　並非直接述及該故事的元明套曲時，他認為這些曲文中所提到的「雙漸蘇卿
　　　　故事」：多半是與其他故事「相提並論來比喻男女之情，或風月佳話，其中尤
　　　　以王魁、桂英，元和、亞仙，鶯鶯、張生跟雙漸、蘇卿相提共論的為最多，
　　　　是可徵元明時此故事之耳熟能詳，常掛人口。」(見頁 86〜87) 以此類推，能
　　　　與「雙漸蘇卿故事」相提並論且機率如此高的，應該也是相當流行的故事。

茹等,加入改編「王魁故事」的行列。由此可見,「王魁故事」流傳的時間自宋元至今,壽命不可謂不長,流傳不可謂不廣。雖然對該故事從事研究的人並不多,但它在戲劇舞臺上,至今仍不時被搬演的事實卻是不容否認的。

三、研究王魁故事的目的

雖然「王魁故事」的流傳相當廣,但戲曲史、文學史上對它的討論卻很有限。一來是因其早期材料如南戲《王魁》、元雜劇《海神廟王魁負桂英》等均已亡佚。二來是戲曲史、文學史多半是針對具體完整的作品作評價。而寫王魁故事全本流傳下來的明傳奇《焚香記》,文學史的評價並不高,〔註14〕可見以此故事為題材的作品並沒有一本真正的「名著」產生。所謂「名著」指的是文學史上已享有高度評價的作品,如荊、劉、拜、殺或《牡丹亭》、《長生殿》之類。然而這並無礙於它作為研究對象的研究價值,誠如韋勒克《文學論》所言:

> 在想像的文學的歷史範圍之內,局限於名著會無法瞭解文學傳統的
> 持續,文學種類的演進,以及文學發展的真正本質,此外更蒙蔽了
> 社會的、語言的、觀念論的,以及其他影響因素的背景。(頁31)

換言之,由非名著入手將有不同的探討重點。而中國古典文學的研究向來較偏重抒情為主的詩、詞,至於敘事類的文學作品則大多只侷限在幾個名著上,因此透過對非名著作品的研究,將更能透過對比而看出問題。例如同樣是負心類故事,《焚香記》情節與《荊釵記》頗為相似,何以《荊釵記》之名聲遠大過它?又為何有人說《琵琶記》一出,王魁即不傳?〔註15〕我們也發現它們之間確實存在著某些類似之處,透過其間的異同來說明文學的表現與評價等種種關係,將有助於增進我們對中國文學演進的了解。

〔註14〕如劉大杰《中國文學發展史》,僅於〈明代的戲劇〉一章最後言及晚明劇壇時提到王玉峰《焚香記》,他說:「王玉峰的《焚香記》,寫王魁、桂英故事,乃改編前人之作而成,但結尾所增,終覺蛇足,沖淡了悲劇的力量。」(頁744)日人青木正兒的《中國近世戲曲史》言及《焚香記》處也說:「此記關目布置,用筆疏密,不得其宜,宜疏處反冗漫令人倦,宜密處反草草一過,淡然無味。除上述梗概中通行歌場之四齣(〈陳情〉、〈明冤〉、〈折證〉、〈辨非〉)外,關目殆無足觀。惟此記所譜事,古來有名,故著聞於曲界焉。」(頁278)可見《焚香記》在文學史、戲曲史上評價並不高。

〔註15〕明·胡應麟《少室山房筆叢·卷四十一·辛部·莊嶽委談下》云:「今《王魁》本不傳,而傳《琵琶》,《琵琶》亦永嘉人作,遂為今南曲首。二事極相類,大可笑也。」

第三節　研究方法

　　本文歸納前人在故事研究方面不同的著眼點，從而得出主要的四個方向，即：一、故事形成與本事考；二、故事的發展與流傳；三、故事的藝術成就；四、故事在不同表現形式中的面貌。以下分別說明其內容：

一、故事形成與本事考

　　屬於歷史考證的工作，考察故事最初的雛形、起源，以及故事與史實間的距離。兼有以思想史、社會史的研究進路探討故事興起及其演變的社會、時代背景因素。

　　這類研究故事的方法可說是歷史最悠久的，相信與中國學者的考證癖好有密切的關係。因此即使在不甚重視故事與稗官野史的古代學術傳統中，雖然不曾建立過堅實而豐厚的研究基礎，也談不上有什麼可觀的研究成果，但透過學者文人用較輕鬆而非正式的態度所撰寫的大量筆記中仍常可發現古人對於考證一個故事的本事源流具有相當濃厚的興趣。例如《荊釵記》，在《甌江佚志》、《浪跡續談》、《小浮梅閒話》中〔註16〕均認為此記是與王十朋結怨之人有意誣陷之作，故事根本與事實不符。又如清代大學者、大詩人紀曉嵐也有興趣在《閱微草堂筆記》中考證京劇中的「竇爾墩」為河北獻縣劇盜「竇二東」之「音之轉耳」。（《如是我聞‧卷二》）此類工作延續到現代不但未曾稍歇，而且更出之以正式的學術論文格式，例如羅錦堂的博士論文《元雜劇本事考》、譚正璧的《話本與古劇》、蔣瑞藻的《小說考證》、錢靜方的《小說叢考》等，以考察某一故事的最初來源為目的之研究，均可歸屬於這類研究範疇。

　　本文對於王魁故事的研究，同樣也做了一番追本溯源的工作，找出王魁故事最初的雛形，並觀察其故事成形的經過，由於係王魁故事早期的發展，因此在第二章中首先敘及。

二、故事的發展與流傳

　　以歷史敘述方式陳述故事的流變，是故事研究的另一大宗。自從顧頡剛先生開創性的〈孟姜女故事的轉變〉一文發表之後，故事研究大致上便朝著考辨一個故事的發展、演變這樣一個方向進行。這包括它在不同時代的情節

〔註16〕轉引自蔣瑞藻《彙印小說考證‧卷一‧荊釵記第一》，頁1。

異動，找出其間導致變化的因素。除了關心時間上的古今變化外，還注意到空間上傳播所產生的變異情況。類似顧頡剛〈孟姜女故事研究〉的著作，此後雖然也有，但多屬短文形式。潘江東的碩士論文《白蛇故事研究》（民國 67 年）發表之後，以單一故事作為研究對象的研究方式逐漸蔚為風潮，大體上皆循著以單一故事的歷史發展及演變作為考察的線索。以這種路向進行研究的論文很多，例如《薛仁貴故事研究》、《王昭君故事研究》、《何仙姑故事研究》、《韓憑故事研究》〔註 17〕……等，這些論文的目的基本上都是在考辨一個故事的淵源（即上述本事考的範疇）、發展及演變經過，包括探討同一個故事在不同時代的主題異動。而能夠將這些不同時代、不同主題的作品串聯起來的中心點便是一個大致的故事架構，或是主角姓名。同樣一個故事，主題可以隨時變異，如顧頡剛稱「孟姜女故事」的前身「杞梁妻的故事」，其故事中心（即主題）「在戰國以前是不受郊弔，在西漢以前是悲歌哀哭。」〔註 18〕在故事研究的領域中，這一類可說有蔚為大宗的趨勢。

此外，研究故事發展的歷史，免不了觸及其間的傳承關係，而這方面的研究正可以補曲藝發展史或戲曲發展史之不足。本文第三、四章即屬於這種研究方式。

三、諸故事作品的藝術成就

除了前二類有著濃厚歷史考證味道的研究方式之外，有的研究者也嘗試著從故事作品本身來評論其藝術成就。評論的範圍除了：情節的安排和人物的塑造外，更可以擴及作家人為的、刻意的改編，和故事演述者的加工。藉由此一角度的研究，將可就故事本身的變化找出其隱含的意義，同時也可以探討作家或藝人對故事內容或情節上更改的意義，藉此說明諸如：改編的企圖與動機、改編的方法、技巧、改編故事與原故事的比較，以及故事改編對該故事的流行所可能造成的影響、改編後的故事是否會造成原故事內容的變化……等問題。清代有名的劇作家兼戲劇理論家李漁就曾涉及改編的問題，為後人研究該問題奠定了一定的基礎。在《閒情偶寄》一書中，李漁不但在理論上探討改編的可能性，而且在實踐上也做過實際的改編工作。例如，李

〔註17〕 此處所引論文題目其詳細書目資訊，請參見註 1 林鶴宜〈臺灣地區「中國古典戲曲研究」博、碩士學位論文寫作概況（民國45～82 年）〉一文。
〔註18〕 見顧頡剛〈孟姜女故事的轉變〉，收入《主題學研究論文集》，頁 188。

漁認爲《琵琶記》中寫趙五娘於公婆死後，「身背琵琶，獨行千里，即能自保無他，能免當時物議乎？」因而認爲這是「智人千慮，必有一失」，於是李漁想到還有個小二可供支使，就「略增數語，補此缺略」，將《琵琶記・尋夫》一折中改爲張大公將身邊小二送與五娘，著他作伴同行，〔註19〕如此一來，李漁方才滿意。除此之外，王安祈先生亦曾致力於對王魁戲改編本的探究，在〈川劇王魁戲的四個系統及其影響〉一文中，分別討論川劇王魁戲的四個改編本：《紅鸞配》、《情探》、周慕蓮演出本、席明眞等改本。評析各本改編之優劣得失，除了劇本的改編外，更進一步考察戲曲藝人在表演過程中對劇本的增改。這與李漁著重從戲劇情節的合理與否上來討論改編問題，路數並不相同，但均值得重視。改編可以說是一種再創造，正因爲有不斷地再創造，才使得一個故事能歷久彌新，不被時間的洪流所淘汰。成功的作品改編可以促使故事隨著改變；否則，故事未必會隨作品改編而出現變化。本文第五章即以此方式來討論王魁故事演變的脈絡，不過此與前三章歷史的研究有別，此章係在前三章的基礎上，以具體作品爲主所進行的研究，係針對故事中情節、人物的演變而論，相對於前三章，第五章可說是較接近結構的或內部的研究。

四、故事在不同表現形式中的面貌

　　同樣一個故事可能被許多不同具體作品所取材，而這些不同作品之間的差異甚大，除了表現該故事的公共的文學形式要件所造成的差別之外（如小說、詩歌、戲劇等），也包含了創作者較爲個人性的差異（如文學技巧、思想、人生觀等）。不同作者使用不同的文學形式，表達了相同的故事，對故事內容本身而言，可能絲毫不受影響。但對具體作品而言，這之間所造成的美學效果的差異就頗值得重視。故事研究的主體雖然是故事，但研究者實際從事研究工作時，所依循的往往皆是一部部具體的作品，因此作品研究可說是故事研究的基礎。

　　故事研究不只須從故事本身來考察其內容之種種，也須相應的探究表達故事的不同表現形式，以及使用這些表現形式來表達某一故事的作者們如何進行創作的過程。透過這種研究，研究者不但可以了解各種表現形式如何去

〔註19〕見《閒情偶寄・演習部・變調第二・變舊爲新》，收入《中國古典戲曲論著集成・七》，頁80。

表達某一相同故事，它們彼此之間的差異何在？也可以比較不同作者面對同一故事時，處理的方式有何不同？這類的研究與以歷史考證為主的研究方式最不同的地方是，在具體作品中表達某一故事時，所呈現出來的文學的、戲劇的、乃至美學上的差異與效果，比故事內容或情節的增減、演變等差別來得更重要。這種研究方式近年來也頗受重視，例如葉慶炳先生在《中國文學史》中將蔡琰《悲憤詩》的楚辭體與五言體進行了比較，而湯璧如的《西廂記故事的演變——以鶯鶯傳、董西廂、王西廂為例》則是跨越了唐傳奇、諸宮調與元雜劇三種不同文學類別的比較。〔註 20〕本文第六章即從此一方向對王魁故事做一綜合討論。

上述這四種方向可說是故事研究中的基本架構，也是本文探討「王魁故事」時預定採用的論述方式，希望藉由這樣的處理方式，可以較全面地呈現出王魁故事的面貌及其相關問題。

表1－1：王魁故事作品目錄

一、清康熙以前的王魁故事作品

　甲、非戲曲類

　一、話　本

　　（一）宋・羅燁《醉翁談錄・辛集・卷二・負約類・王魁負約桂英死報》

　　（二）清・順治年間小說戲曲合刊之《最娛情》上欄第三集古今小說收錄《王魁》

　二、筆記小說

　　（一）宋・張師正《括異志・卷三・王廷評》

　　（二）宋・張邦畿《侍兒小名錄拾遺》

　　（三）宋・曾慥《類說・卷三十四》引《摭遺・王魁傳》

　　（四）元・柳貫《王魁傳》（見《圖書集成・閨媛典・卷三百六十二》）

　　（五）明・秦淮寓客《綠窗女史》引《侍兒小名錄・桂英》

　　（六）明・王世貞《艷異編・卷三十・妓女部・王魁》

　　（七）明・馮夢龍《情史類略・卷十六・情報類》

〔註20〕私立輔仁大學中國文學研究所民國 74 年碩士論文。

（八）明・梅鼎祚《青泥蓮花記・卷五・桂英》末注《異聞集》摭遺。

（九）明・《摭遺新說》（《永樂大典・卷一萬三千一百三十九・夢人跨龍》下引）

（十）清・岳濬修、杜詔纂《山東通志・卷三十六・萊州府》引《宋史》

三、詩　歌

宋・李獻民《雲齋廣錄・卷六・麗情新說下・王魁歌并引》

乙、戲曲類

劇　目	著錄類別	作者	劇本狀況
一、《王魁三鄉題》	宋官本雜劇	闕名	亡佚
二、《王魁負桂英》（簡稱《王魁》）	南戲	闕名	殘曲見附錄一
三、《王俊民休書記》		宋・闕名	亡佚
四、《桂英誣王魁海神記》		闕名	殘曲見附錄二
五、《追王魁》	元傳奇	清・闕名	亡佚
六、《海神廟王魁負桂英》（簡稱《王魁負桂英》或《負桂英》）	元雜劇	元・尚仲賢	殘曲見附錄一
七、《王魁不負心》	明雜劇	明・楊文奎	亡佚
八、《風月囊集》		明・馬惟厚	亡佚
九、《焚香記》	明傳奇	明・王玉峰	有《六十種曲》、《玉茗堂批評焚香記》、《李卓吾評焚香記》三種版本
十、《三生傳玉簪記》		明・馬守貞	《群音類選・卷十八》及《月露音・卷四》存殘曲〈歌舞〉一折。《南詞新譜・卷六・大石調》存【少年游】一支

二、清康熙以後的王魁故事作品

甲、戲　曲

（一）北京市

京劇：

※1. 福慶社《虛榮恨》（《五十年來北平戲劇史料》下冊，頁 976）

案：打※號者，表該作品筆者未見，乃係轉錄自他人記載。

演出時間：1931 年（民國 20 年）4 月 24 日（農曆三月初七）白天

演出地點：北平吉祥戲院

演出戲班：福慶社坤班

演出劇目：《虛榮恨》（即《活捉王魁》）

演員：金奎官

　　　金少甫

　　　李桂雲

　　　梁桂亭

　　　路秀雲

※2. 成慶社《冤孽姻緣》──（《五十年來北平戲劇史料》下冊，頁 1007）

演出時間：1932 年（民國 20 年）8 月 5 日（農曆七月初四）晚上

演出地點：北平哈爾飛戲院

演出戲班：成慶社

演出劇目：《冤孽姻緣》（即《活捉王魁》）

演員：朱斌仙

　　　▲梁桂亭

　　　▲雪艷琴

　　　蘇連漢

　　　范斌祿

3. 李　准《活捉王魁》，小翠花、金少梅、雪艷琴等曾演出，章遏雲有唱
片行世，另有斗山山人所著《劇本二十一種》刊本，及趙燕俠藏本。

4. 折子戲《打神告廟》（李德富〈我在《打神告廟》中的水袖藝術〉）

5. 田　漢《情探》，劇本見《田漢文集·九》，頁 145～260。

6. 呂　仲《義責王魁》，周信芳晚期代表劇目，劇本見《劇本》1959 年 5
月號。

7. 俞大綱《王魁負桂英》，劇本見《俞大綱全集──劇作卷》。

8. 李玉茹《青絲恨》，上海京劇院 1984 年演出，劇本見《劇本》1984 年
1 月號。

9. 鄒憶青、戴英祿《沉海記》，中國京劇院三團劉秀榮、張春孝演出本，

劇本未發表。

10. 丁振遠《焚香怨》，河北京劇團演出，劇本發表於《大舞台》，1989 年
　　第 3 期。

（二）山西省

蒲劇（蒲州梆子）：

※《王魁負義》（又名《情探》，有折戲〈打神告廟〉、〈義責王魁〉），山
　　西省臨汾蒲劇院藏全本油印本。（《中國梆子戲劇目大辭典》，《蒲州梆
　　子劇目辭典》，頁 142）

晉劇（中路梆子）：

※《海神廟》（孟繁樹，《中國板式變化體戲曲研究》，頁 246）
　　田漢、安娥〈打神告廟〉，1986 年田桂蘭演出本，劇本見郭恩德、趙
　　華云主編《山西戲曲折子戲薈萃》。

（三）吉林省

吉劇：

※　王肯移植《打神告廟》，楊俊英演出，1983 年 5 月 14 日，二場。
　　（《中國戲劇年鑑 1984》）

（四）山東省

萊蕪梆子：

※《王魁征西》（見《中國戲曲劇種手冊》，頁 243）

※《陰陽報》（見戴德源〈怨歌一曲唱新譜，倩魂千載繞餘音——川劇王
　　魁戲源流〉，頁 66）

案：戴德源〈怨歌一曲唱新譜，倩魂千載繞餘音——川劇王魁戲源流〉
提及萊蕪梆子《陰陽報》亦屬王魁故事，查《京劇劇目辭典》中亦有《陰
陽報》，但並非演王魁故事，而《中國梆子戲劇目大辭典》中也無此一劇
目，故究竟有無萊蕪梆子《陰陽報》此一劇目？又其內容是否演王魁故
事？筆者不敢十分確定，姑著錄於此，謹待指教。

（五）江蘇省

崑劇：王玉峰《焚香記·陽告》

朱禧《新編焚香記》，江蘇崑劇團演出。劇本收入《江蘇戲劇叢刊》，1984
年第三期。

（六）安徽省

徽劇：

※崔鳳凌改編《打神告廟》，安徽省徽劇團演出，羅麗萍主演，1989 年 9
月演出五場。（《中國戲劇年鑑 1989》，頁 239）

（七）浙江省

越劇：田漢、安娥《情探》，傳全香主演。

（八）福建省

莆仙戲：

※《王魁》（見劉念茲《南戲新證》，頁 131。）

※《金巨富》（同上）

梨園戲：《王魁》（何淑敏口述本）

（九）廣東省

粵劇：

※《打神》，紅線女主演

※《焚香記》，楊子靜編劇，廣州粵劇團寶樂劇團，楊柳青、伍艷江主演，
1990 年演出一場。（《中國戲劇年鑑 1990～1991》，頁 319）

（十）湖南省

長沙花鼓戲：

※《情探》，長沙花鼓戲劇團整理，胡華松、謝連英主演，1983 年 11 月
演出十五場。（《中國戲劇年鑑 1984》，頁 570）

（十一）河南省

豫劇：《情斷狀元樓》（又名《王魁負桂英》）

（十二）四川省

川劇：《紅鸞配》（又名《活捉王魁》、《陰陽告》）

案：川劇中王魁戲的淵源久遠，《紅鸞配》為川劇連台目連戲的穿插，只
有兩折，標目為〈拆書逼嫁〉、〈陽告陰告〉（見鍾韜〈名通質變，創意造
言——川劇中王魁戲嬗變的描述〉，頁 93。）《活捉王魁》有易征祥演出
本，藏四川省川劇藝術研究院，筆者未見，故未敢確定其內容是否與《紅
鸞配》完全一樣。

趙熙《情探》（《改良活捉王魁》）

※ 周慕蓮《焚香記》，周慕蓮演出，劇本收入《川劇選集》。
席明眞、李明璋改編本《焚香記》

※《丑情探》（鍾韜〈名通質變，創造語言——川劇中王魁戲嬗變的描述〉，頁97）。

案：據鍾韜〈名通質變，創造語言——川劇中王魁戲嬗變的描述〉（《戲曲藝術》，1989年第1期），頁97言：約於1930年代末至1940年代中期川劇舞台上產生一系列以丑角應工的戲，《丑情探》即爲其中之一。借《情探》之名，並仿其組織格局，在逗笑取樂中針砭時弊。其內容大意可參見上引鍾韜之文註五。此劇本據知有邱福新回憶及整理本，藏四川省川劇藝術研究院，筆者未見。

（十三）雲南省

滇劇：

※《紅鸞配》（又名《王魁》）（見《滇劇史》附錄：滇劇傳統劇目目錄，頁343）

乙、電　影

（一）※《焦桂英與王魁》（見《中央日報》民國52年11月24日廣告）
臺灣彭行才曾將王魁故事改編爲古裝歌劇搬上電影螢幕，片名爲《焦桂英與王魁》，由林機飾焦桂英，李虹反串王魁，於民國52年11月24日上映。

（二）※《海神廟軼事》
據〈蒲劇《海神廟軼事》將搬上銀幕〉（《蒲劇藝術》，1987年第3期，頁1～3。）言北京電影製片廠曾有意將任跟心主演之蒲劇《打神告廟》搬上銀幕，但不知其結果如何？

丙、說　唱

（一）子弟書〈陽告〉
（二）蘇州彈詞——麗調：選段《王魁負桂英·陽告》、《王魁負桂英·情探》
（三）蘇州彈詞——嚴調（嚴雪亭演唱）：《王魁負桂英·桂英自盡》
（四）彈詞《義責王魁》，上海市人民評彈團

丁、小　說

※于人改編,《情探》(戲劇故事),上海文化出版社,1956 年一版,1983
　　年重印。

戊、電　視

《孽海花》,臺灣:中國電視公司,1994 年 2 月,葉童、趙雅芝主演。

第二章　王魁故事的本事及早期面貌

　　由〔表 1－1〕中所蒐集到的王魁故事資料顯示：王魁故事出現最早的朝代應當是在宋朝。〔註 1〕宋代關於王魁故事的記載很多，但在應用這些材料時，首先必須從兩個不同的層次來看待「王魁故事始於何時？」這個問題：第一、在故事未定型前的一些謠言、傳說，而這些謠言、傳說流傳到後來成為一個大致定型的故事。即完整故事成型前的一些相關素材，它可能是流行於當時的傳聞。第二、已有大致固定情節的「王魁負桂英」故事始於何時？哪一篇記載為此故事最早的文獻依據？這可說是真正的故事形成。因此前者可說是尚未成型前的雛形，後者則可說是王魁故事初步得到的完成。以王魁故事來說，它在初期的發展中以「王俊民軼事」為雛形，屬第一層次；之後所形成的「王魁負桂英故事」則屬第二層次。以下即先敘述王魁故事的前身——王俊民軼事。

第一節　王魁故事的前身——王俊民軼事

　　在王魁故事正式形成前，相關的傳聞主要都是圍繞在故事中的男主角—

〔註 1〕雖然署名唐代陳翰的《異聞集》據聞曾記載過王魁故事，但宋人已指認非陳翰本人所作，乃後人勦入者。此於南宋著名藏書家陳振孫之《直齋書錄解題·卷十一》著錄《異聞集》時，即已說明，云：「唐屯田員外郎陳翰撰，翰唐末人，見《唐志》。而第七卷所載王魁乃本朝事，當是後人勦入之耳。」關於《異聞集》的時代及作者問題，王夢鷗先生在《唐人小說研究·二集》中亦云：「此書流傳及於南北宋，卷數雖無缺佚，而內容則經增補。……此書傳至南宋，已非唐人編輯之原書。」（頁 1～2）王夢鷗先生同意陳振孫之說，認為「王魁」故事乃係後人所增補，故論《異聞集》之篇目時，並未列入《王魁》。本文同意前人之看法，認為不能將《異聞集》中所載之王魁故事視為唐人之作。

一王俊民——身上。在明傳奇《焚香記》第一齣〈統略〉的下場詩「辭婚守義王俊民」中已把王魁、王俊民視為同一人了。關於王俊民的事蹟，李燾《續資治通鑑長編·卷一百九十三》記載了宋仁宗嘉祐六年三月「癸巳賜進士王俊民等一百三十九人及第，……俊民，掖人也。」可見王俊民實有其人，且確曾於宋仁宗嘉祐年間進士及第。又北宋沈括（1029～1093）《夢溪筆談·卷一·故事一》亦曾記載：

> 嘉祐中，進士奏名訖，未御試，京師妄傳王俊民為狀元，不知言之所起。人亦莫知俊民為何人？及御試，王荊公時為知制誥，與天章閣待制楊樂道二人為詳定官。舊制，御試舉人，設初考官，先定等第，復彌之以送覆考官再定等第，乃付詳定官，發初考官所定等，以對覆考之等，如同即已，不同則詳其程文，當從初考，或從覆考為定。即不得別立等。是時王荊公以初覆考所定第一人皆未允當，於行間別取一人為狀首，楊樂道守法以為不可，議論未決。太常少卿朱從道時為封彌官，聞之，謂同舍曰：「二公何用力爭？從道十日前已聞王俊民為狀元，事必前定。二公恨自苦耳！」既而二人各以已意進稟，而詔從荊公之請，及發封，乃王俊民也。詳定官得別立等，自此始。遂為定制。

案：《王安石詩集》中有〈崇政殿詳定幕次偶題〉，又有〈詳定試卷〉二首，
　　其第一首有：「論眾勢難專可否，法嚴人更謹誰何。」句，疑即述此事。
　　〔註2〕

　　由此可知，王俊民不但進士及第，且於御試中被王安石拔擢為狀元。而據《曲海總目提要·卷十四·焚香記》言：「宋人大抵以狀元連姓相稱曰某魁，如馬涓則云馬魁。」馬涓即宋人何薳《春渚紀聞·卷第一·雜記·馬魁二夢證應》中被稱為馬魁的狀元之一。又宋、元之際成書的《醉翁談錄》也已明言：「王魁者，魁非其名也」（辛集·卷二）。則由此推測，「王魁」應當是宋代人對王姓狀元的稱呼，而以王俊民的身分來看，被稱為王魁（王姓狀元）是極有可能的。

　　王俊民雖可被稱為王魁（王姓狀元），但王魁負桂英故事中的主角卻未必就是王俊民。如欲考察王魁故事與王俊民的關聯，不妨先從王俊民的事蹟入

〔註2〕沈欽韓《王荊公詩文注》於王安石《詳定試卷》一詩即引《夢谿筆談·卷一》
　　　　王俊民此事為證。

手。關於王俊民的事蹟，正史中並無記載，因此對其生平所知有限，其事蹟除前引《續資治通鑑長編》、《夢溪筆談》等書之外，北宋・張師正（1016～？）的《括異志・卷三・王廷評》條也是一則很重要的記載：

> 王廷評俊民，萊州人。嘉祐六年進士，狀頭登第，釋褐廷尉，評簽書徐州節度判官。明年充南京考試官，未試間，忽謂監試官曰：門外舉人喧噪詬我，何爲不約束？令人視之，無有也。如是者三四，少時又曰：有人持檄逮我，色若恐懼，乃取案上小刀自刺，左右救之，不甚傷，即歸本任醫治。渝旬創愈，但精神恍惚，如失心者，家人聞嵩山道士梁宗朴善制鬼，迎至，乃符召爲屬者，夢一女子至，自言爲王所害，已訴于天，俾我取償，俟與簽判同去爾。道士知術無所施，遂去。旬餘，王亦卒。或聞：王未第時，家有井竈婢，蠢戾不順使，令積怒，乘間排墜井中。又云：王向在鄉閭與一倡妓切密私約，俟登第娶焉，既登第爲狀元，遂就媾他族，妓聞之忿恚自殺，故爲女屬所困，天闕而終。（《四部叢刊廣編・冊三十》，頁19。）〔註3〕

由《夢溪筆談》的記載來看，似乎只是有關科舉制度的一段軼事，重點並不在王俊民本人的事蹟，且與後來的王魁故事幾乎看不出有絲毫關聯。但張師正《括異志》所引述者卻給予人們很大的想像空間：一名新科狀元精神恍惚，死因不明，難免帶給當時人們種種揣想。爲了解釋其死因，謠言四起，當時主要有兩種猜測：一是說被王俊民所害的婢女死後冥報，另一說則是王俊民登第後負約，致所約之妓忿恚自殺而冥報。由這則記載，尤其是第二種猜測，大致可以看出後來王魁故事的規模，即：有王姓狀元（當時可稱爲王魁）、有與約之娼妓、有負心行爲與冥報之下場。從這些要件是否就能判斷此爲王魁故事？這可從故事與傳說的本質及王魁故事的定義兩方面來說。就前者而言，《括異志》中所記載的王俊民事蹟恐怕只能算是傳說，而非故事，因爲它的敘述並不具備完整的情節，只是一些較不完整的、片段的、零星的記錄或口述，其穩定不變的成分相對於故事來說較少。〔註4〕就後者而言，此則記載中既無「王魁」，亦

〔註3〕 另清代岳濬、杜詔等編纂《山東通志・卷三十六・萊州府》下引《宋史》王俊民事，內容也與張師正《括異志》大致上相同。但《宋史》中並無此段記載，可能所指非正史，不知其來源爲何？但因其所載內容與張師正《括異志》幾乎相同，故也可能即是根據《括異志》而來的。

〔註4〕 一般來說，傳說與故事的區別與界限往往並不十分明確，譚達先在《中國傳說

無「桂英」之名，顯然不符合前章對王魁故事所下的定義，只能稱爲「王俊民傳說」或「王俊民軼事」。但就該傳說中的要件來看，王俊民的事蹟已與後來的王魁故事有相當程度的關聯，因此可視爲王魁故事的前身或雛形。

第二節　王魁故事的形成過程及其原因

一、從王俊民軼事到王魁故事

在由王俊民軼事過渡到王魁故事的過程中，周密《齊東野語‧王魁傳》是一則極具價值的資料，因爲其中引到北宋末年初虞世《養生必用方》〔註5〕中關於王俊民事蹟的記載，極爲珍貴，初虞世的記錄如下：

> 狀元王俊民，字康侯，爲應天府發解官。得狂疾於貢院中，嘗對一石碑呼叫不已，碑石中若有應之者，亦若康侯之奮怒也。病甚，不省覺，取書冊中交股刀自裁及寸，左右抱持之，遂免。出試院未久，疾勢亦已平復。予與康侯有父祖鄉曲之舊，又自童稚共筆硯。嘉祐中，同試於省場，傳聞可駭。亟自汴挐舟，抵彭城時，十月盡矣。康侯亦起居飲食如故，但惺惺不樂，或云：平生自守如此，乃有此疾。予亦多方開慰。歲暮，予北歸，康侯有詩送予云：「寒窗一夜雪，紛紛來朔風，之子動歸興，輕裌飄如蓬，問子何所之？家在濟水東。問子何所學？上庠教化宮。行將攜老母，寓居學其中。」

概述》一書中曾將傳說區分爲廣義與狹義兩類，他認爲廣義的傳說是指「缺乏完整故事情節的民間口頭掌故或傳聞」；狹義的傳說是指「具有完整情節結構的口頭故事」（頁 5～6）。本文所使用的「故事」一詞較接近後者，「傳說」一詞則接近前者。亦即：「故事」是指那些比較完整的、有頭有尾的連續事件；「傳說」則可能是較不完整的、片段的、零星的記錄或口述，其穩定不變的成分相對於故事來說較少。因此，「故事」可說是「傳說」經過一段時間後所形成較爲具體、固定的大綱。這與譚達先之定義差別在於：本文對「故事」與「傳說」的區分並非以口述或寫定作爲區分，而是以情節之完整與否來界定。

〔註5〕陸游《老學庵筆記‧卷三》載：「初虞世，字和甫，以醫名天下。元符中，皇子鄧王生月餘，得癎疾，危甚，群醫束手，虞世獨以爲必無可慮，不三日，王薨。信乎！醫之難也。」元‧陶宗儀《南村輟耕錄‧卷二四‧歷代醫師》下亦著錄「初虞世」。又周密《齊東野語‧王魁傳》亦曾註明初虞世《養生必用方》之說寫成時間爲「紹聖元年九月」。案：元符係北宋哲宗年號，紹聖亦爲哲宗年號，則初虞世活動的年代大概在北宋末年左右。

> 予既去徐，醫以爲有痰，以碧霞金虎丹吐之，或謂心藏有熱，
> 勸服治心經諸冷藥，積久，爲夜中洞泄氣脱，内消飲食，不前而死。
> 康侯父知舒州太湖縣，遣一道士與弟覺民自舒來，云：道士能奏章
> 達上清，及訴問鬼神幽暗中事。道士作醮、書符，傳道冥中語云：「五
> 十年打殺謝吳劉不結案事。」康侯丙子生，死纔二十七歲。五十年
> 前，豈宿生邪？康侯既死，有妄人託夏噩姓名作《王魁傳》，實欲市
> 利於少年狎邪輩，其事皆不然。康侯，萊州掖縣人，祖世田舍翁，
> 父名弁，字子儀，誦詩登科，爲鄆州司理。康侯時十五餘歲，三兄
> 弟隨侍，與予同在鄆學。子儀爲開封軍巡判官，康侯兄弟入太學，
> 不三年，號成人。子儀待蘇州崑山闕來居汝，康侯兄弟又與予在汝
> 學，子儀謫潭州，稅康侯兄弟，自潭來貫鄢陵户。康侯登科爲第一，
> 省試前，父雪崑山事。自潭移舒州太湖縣。康侯是年歸舒州省親，
> 次年赴徐州任，明年死於徐。實嘉祐八年五月十二日也。康侯性剛
> 峭不可犯，有志力學，愛身如冰玉，不知猥巷俚人語，不幸爲匪人
> 厚誣，弟輩又不爲辨明，懼日久無知者，故因戒世人服金虎碧霞丹，
> 且以明康侯於泉下。紹聖元年九月，漕河舟中記。

張師正與初虞世詳細的生卒年代雖已不可考，但估計《括異志》的成書年代最晚應不超過宋神宗在位之時（1085年）〔註6〕，而初虞世記載這段事蹟時，明確地註明爲宋哲宗紹聖元年（1094年），故《括異志》之記載當早於初虞世的記錄。

由初虞世這段記載可以得出關於王俊民事蹟更多的資料。第一、王俊民的生卒年代得到確定，即生於北宋仁宗景祐三年（1036年），死於嘉祐八年五月十二日（1063年），年僅二十七歲。第二、他的家世背景並不差，父親做官，兄弟皆曾入太學就讀。第三、登第之後，他確曾有過發狂的舉動。第四、關於他的怪異行爲當時已有種種謠傳。第五、他死後即有人著《王魁傳》影射他。第六、王俊民死後，其父請道士作醮，道士解釋其死因爲「五十年前打殺謝吳劉不結案事」。

把初虞世這段記載拿來和《括異志》比較，可以發現不少異同之處。其中上述第一、二點均爲《括異志》所無，可以補充王俊民的生平事蹟。第三、第四《括異志》亦有之，第六點道士作醮時機不同，《括異志》言在王俊民生

〔註6〕 參見《中國小説百科全書》「張師正」條。

病時作醮，初虞世則記載在王死後作醮。第五點所述，即王俊民死後已有人作《王魁傳》且已流傳一事則頗值得注意。

就敘述內容來看，初虞世的記錄，顯然比《括異志》翔實且完整，已脫離《括異志》道聽塗說式的傳說或軼事性質，可算是較接近歷史事實的傳記，但仍與故事不同。因為故事多少帶有虛構的成分，而傳記則務求真實。且就王魁故事而言，初虞世的記錄中主要人物也還是王俊民而非王魁，而另一主要人物——桂英——卻連提都沒提到，也看不出負心的故事情節。這些因素都只能顯示：初虞世的這段記錄還不能視為王魁故事，最多只是王俊民傳記而已。但這並不表示在王俊民死後至初虞世作記錄的這段期間（嘉祐八年至紹聖元年，三十年左右），王魁故事尚未形成，因為初虞世已提到：「有妄人託夏噩姓名作《王魁傳》」。

夏噩的《王魁傳》早已不存，唯今日所見之筆記小說中不乏《王魁傳》之作，其中較早者，如南宋初年曾慥《類說》卷三十四所引《摭遺·王魁傳》，可惜無法得知其與夏噩本之間究竟有多少差異。因此，為謹慎起見，似不宜遽將《類說》中的《王魁傳》等同於初虞世所言在北宋流傳的夏噩《王魁傳》。

雖然未能見到夏噩的《王魁傳》，但幸運地在現存宋元戲曲小說古本裡，發現金刊本《雲齋廣錄》中保存有關於王魁故事的資料。因為這幾乎可以算是王魁故事的具體文字記錄裡目前所見最早、最直接的文獻證據，所以可說是彌足珍貴。此書據《四庫全書總目·卷一百四十四》云：

> 宋·李獻民撰。獻民字彥文，延津人。是書前有政和辛卯獻民自
> 序。……晁公武《讀書志》、陳振孫《書錄解題》俱云「十卷」，分
> 九門。今止存六門……共八卷。

此書現藏於臺灣國家圖書館善本書室，全名題為《新雕雲齋廣錄》。〔註7〕自序于政和元年（西元1111年），即宋徽宗在位時年號，其時仍當北宋。《國立中央圖書館善本書目》考訂為「金刊本」（第二冊，子部小說家類，頁656），可能是北宋末寫定，而於金代刊行。此書「卷六·麗情新說下」收入《王魁歌并引》，就版本而言，是目前所見王魁故事文獻資料中最古老的，其詳細內容如下：

〔註7〕 此書流傳不廣，錢南揚先生曾寓目，參見氏著《宋元南戲百一錄》「王魁負桂英」注一。臺灣國家圖書館善本書室所藏之金刊本《新雕雲齋廣錄》，共九卷，分為兩冊。

故太學生王魁嘉祐中行藝顯著，籍籍有聲，先丞相文公愛其美才，奏賦宸廷爲天下第一。中間坎壈失志，情隨物遷，遂欲反正自持，投跡功名之會而卒致妖孽，以殞厥身，可勝惜哉！賢良夏霛嘗傳其事，余故作歌以傷悼之云爾：

嘉祐成均有詞客，儒林獨步聲輝赫。春官較藝重遺才，歎息瑜瑕成指讁；卻來江佐依親闈，家君叱奴令掩扉，丈夫志氣高名節，何事區區猶卜歸，趨庭就養翻離別，再拜出門增蘊結。一朝驅馬次萊陽，日與朋簪醉花月。爰有青娥名桂英，芳年艷冶傾陽城。邀郎不惜千金笑，吐盡芳衷無限誠。平生未省諧雲雨，不識相思最云苦。可憐窺宋謾銷魂，疊盡粉牆猶未許。蘭心蕙生□多求，清歌緩送傳金杯。曲終乞得新詩好，香羅妙朝生瓊歷。更闌稍稍人分散，眾客相將趨寶帳。閨開歸去鎖闍房，宛轉芙蓉翻繡浪。□間所樂新相知，美人才子當佳期。鸞翔鳳舞交絲頤，宛在川山騰羽儀。倩人笑展春山綠，擬謝風塵效□曲。與君才只正相宜，好自丹泥濯明王。從茲燕婉相追隨，嬋媛一心遵婦儀。粧奩寶篋堆珠玉，願從資給無違疑。明年詔促西歸騎，寶馬東龍搖玉轡。人生樂極多悲來，還就盧祠結盟誓。亭皋祖帳揚秋風，丹誠寂別禪感通。徘徊入暮不能去，良宵繾綣情何窮。臨行更祝東歸早，後會夤緣恐難保。曾占異夢定非祥。從君未必能偕老。良人乍聞疑且驚，□非木石安無情？誓言皎日神所監，況我與子非要盟，離愁別恨滿肌骨，月斷飛黃騰滅沒。一鞭行色縱長途，萬里秋風飛健鶻。歸來滿目西風酸，嬌波淚落揮汎瀾，朝來暮去朱顏削，香肌漸覺羅衣寬。沉沉夜永青釭滅，腸斷羅褌夢雙聞。憶將桃臉笑春風，忍把娥眉皺秋月。清晨報喜飛盧禽，尺素西來傳好音，榮名薦書聊目賀，兩情迤邐調鳴琴，獻歲南宮策高足，殿前作賦鏘金玉。名傳荏苑□青空，聲落人間動殊俗。迴紋錦字書綢繆，封題縝旨羅星稠，賀榮至恭情所記，香牋尚阻來青樓。旋聞調職徐州幕，緩步青雲下寥廓，誤憑青翼致羅儒，擲置公庭肆威虐。端來復命何蒼惶？始知恩愛成參商。拊膺高蹈屢欲絕，顛仆強起瑜別章。盧神暗許擸遺恨，尚有盟言要可信，誓將心曲訴重泉，發匣金刀鳴利

刃，待兒欲拯悲填作，□衣濺血呼憑陵。朝雲已散高唐影，但餘精爽通神明，神鞭鬼馭無遺□，髣髴虛空馳繡帟。朱門深處下雲駢，暗度疎簾郎未譜。停停燭影搖新粧，依俙麗質飄紅裳。禮闈深邃人跡絕，爾曾無恙來何方，冤聲夜久聞低訴，半露酥胸鮮血污，妾緣非命爲君□，□弟與君非命去。郎心恍惚含驚憂，辭窮理奪空夷猶。意迷精喪神不懌，欲保性命知無由。歸去朝昏忘食事，怐惶頃刻無生意，尚憐慈母痛傷懷，欲話當年只歔欷。黃冠設醮達三清，精神下感通幽冥。爲言冤會不可拔，酆都結髮當同度。殘骸半死憑誰決？系□縈空成殞滅。慈親動哭更堪論，志士傳聞亦嗚咽。皇家結網羅英才，沉迷喪眞誠可哀，施爲未盡經濟策，空餘腐骨埋黃挨。

（《新雕雲齋廣錄・卷第六・麗情新説下・王魁歌并引》，□表原文漫渙難以辨識之字。）

由《雲齋廣錄》中已可看出王魁故事的大致輪廓了，其中值得注意的有：

一、主要的人物：王魁、桂英均已出現。

二、王魁的身分爲故太學生且曾考試落第，桂英的身分則爲妓女。

三、王魁與桂英相識於萊陽。

四、桂英與王魁相愛，並資助王魁赴試。

五、臨行前雙雙前往虛祠盟誓。

六、王魁臨行前桂英曾有不祥之夢。

七、王魁中舉，調職徐州。

八、將桂英所寄家書擲置公庭上。

九、桂英以金刀自盡。

十、桂英冤魂前去尋王魁。

十一、王魁精神錯亂、性命不保。

十二、王魁母親請道士設醮，言冤會不可拔，徒勞無功。

相較於初虞世的王俊民傳記，《雲齋廣錄》的確增加了不少內容。首先，王魁故事中的主要人物及其身分均已出現且確定。其次，王魁負心於桂英的情節也已具備了。至此階段，乃可以大致確定：王魁故事已經成形。在這個初步成形的王魁故事中，我們可以發現其中交織著眞實的史實與虛構的傳聞，眞實的史實如：一、言王魁爲「故太學生」，與初虞世所記相合。二、所謂「嘉祐中……

奏賦宸廷爲天下第一」及「先丞相文公」（即王安石）這二者雖不完全與沈括《夢溪筆談》所載一致，但多少也是有所根據。三、王魁精神錯亂且覓道士設醮等事（上述第十一、十二點）也與《括異志》及初虞世所述大致相合。除這幾點之外者，大多是虛構的情節，也不見於前述諸書所載。另外，《雲齋廣錄》中所述者並未明言「海神廟」之名及王魁負心原因，且王魁也沒有另結婚姻，與《類說》及後來之王魁故事內容又有所不同。有趣的是，在這裡王俊民已被王魁所取代，似乎標示著王俊民傳說或傳記已完全蛻變爲王魁故事了。

　　附帶一提的是，作者在《王魁歌引》中自述「賢良夏噩嘗傳其事，余故作歌以傷悼之云爾」，可見他是見過夏噩《王魁傳》的，由此可知：夏噩《王魁傳》在王魁故事的形成過程中可能曾經扮演過相當重要的角色。或許在夏噩《王魁傳》中早已具備了上述《雲齋廣錄》的王魁故事情節，但因資料不足，無法得到證實。

二、王魁故事形成的原因

　　在分別說明了「王俊民軼事」和「王魁故事」之後，接著再來看看從「王俊民軼事」如何發展成「王魁故事」？王魁故事可說是在北宋時逐漸興起、形成的。一個狀元猝死的原因引發大家的猜測，猜測的原因有很多，最後以「負心」佔了主導地位。由《括異志》中來看，不難發現王魁故事的本事源於一椿謠言，一個新科狀元莫名發狂和猝死，從而引發人們種種的猜測，在這些猜測當中，便含藏了種種「王魁故事」形成的因子。或許從「謠言」這個角度來探究，多少可以幫助我們了解王魁故事的形成原因。一般而言，所謂「謠言」大致上有四個特點：一、與當前時事有關，二、符合大眾興趣，三、旨在使人相信，四、是未經證實的訊息。〔註8〕王俊民是當時新科狀元，與當前時事有關。而他的死因奇怪，自然符合大眾興趣。當時人對他的死因所做的種種解釋，目的也在於使人相信。當然，那些對他死因的猜測都是未經證實的訊息。而該事件的重要性正在於：王俊民是新科狀元，前途正炙手可熱，其一舉一動都備受世人囑目。同樣地，人們對其才學和品德也多有所期待。而此事件之含糊不清處正在於：當時人們對於王俊民的突然發狂行爲和猝死原因無法做出合理的解

<hr />

〔註8〕謠言的學者卡普費雷（Jean-Noël Kapferer）在《謠言》一書中曾說道：「謠言經常是因一個訊息缺乏解釋而問世的。」（頁45）這四點係筆者參考《謠言》一書中引述前人對「謠言」所下的三種定義綜合而成，參見該書頁6～7。

釋。雖然初虞世以服食金虎碧霞丹這種較為理性的方式來解釋王俊民死因，但其說服力似乎並不強。反而在相關的記載中都強調了王俊民的死因與冥報有關，這也顯示出宋代社會中冥報觀念相當流行。〔註9〕除了較早張師正所記錄的「婢女」與「妓女」索命的說法外，還有初虞世的「五十年打殺謝吳劉不結案事」之說。後者因沒有其他進一步的資料說明，不知所指為何？且大眾對此說之興趣似乎也不高。而在前二說中，相同之處皆在於王俊民為「女厲所困」，女性在其中似乎占據著重要的地位。而在兩種女性身分之中，顯然妓女的角色更能引起人們的興趣，後來的王魁故事便朝此一方向發展。王俊民是否曾有過負心妓女的行為，已不得而知，但值得注意的是，當時人們對於士子未中舉前與娼妓私下約親而中舉後負約這樣的行為開始重視。不過從相關材料看來，王俊民謠言產生的原因未必有抨擊其負心的意味在，反而是有著為一名正當壯盛之年和宏圖待展，但卻英年早逝的狀元感到遺憾與惋惜的意味。正如同李獻民在《王魁歌引》中所慨歎的一般：

……中間坎懍失志，情隨物遷，遂欲反正自持，投跡功名之會而卒致妖孽，以殞厥身，可勝惜哉！

除了遺憾與惋惜之外，其中更隱含了若干勸戒和警惕的意味。

王俊民事件在當時可能最初是一個「謠言」，而一旦這個謠言平息後，又轉變成一個傳奇故事，藉著口耳相傳與不斷的加油添醋的過程，從一個地方慢慢地流傳到另一個地方，最後就成為家喻戶曉的傳說或故事了。因此，謠言也可說是傳說或故事形成的來源之一。

至於說王俊民軼事一開始的謠傳究竟是否為有心人士的散播呢？那就很難說了。不過在此可以提供一條思考的線索：即王俊民之所以得中狀元，據《夢溪筆記》所記，顯然與王安石有很大的關聯，這一點在《雲齋廣錄》中的〈王魁歌引〉也曾提及，因此王俊民可說是受王安石拔擢的人才之一。然而王安石後來因執行新法，在當時和後世都受到相當大的詆毀，甚至連《宋史》中的記載都極不公允。所謂「知人論世之不易易也」，千年以來，王安石的毀多於譽，受誣之烈，幾乎集天下之惡於一身，〔註10〕而其中不少毀謗之

〔註9〕 有關宋代冥報觀盛行之說可參見劉靜貞〈宋人的冥報觀——洪邁《夷堅志》試探〉(《食貨月刊復刊》，第9卷，第11期，民國69年2月。) 以及沈宗憲《宋代民間的幽冥世界觀》(臺北：商鼎文化出版社，1993年) 一書。
〔註10〕此處替王安石翻案之說，主要參見梁啟超《飲冰室專集·第八冊·王荊公》(臺北：臺灣中華書局，民國67年) 一文。

語出自小人偽託之作，這類誣枉之作又以筆記形態居多。這種例子很多，例如託名梅堯臣之《碧雲騢》毀謗范仲淹，實則據宋人判斷：其作者可能是魏泰，「因梅、范原是老友，不過人知道，梅後來對范有些失望，而用梅的名義造謠，較易取信。何況梅是詩人，名氣很大。這類很無聊而又很惡毒的行徑，在士大夫圈子裡常有。」〔註11〕梁啓超在〈王荊公〉一文中也說：

> 與荊公並時諸賢，除呂晦一人外，從未有詆及荊公私德者，所爭者在新法而已。蓋荊公之操行，有與人以共信者也。自楊時、邵伯溫、范仲、魏泰輩出，始污蠛荊公，無所不至，而又以其言一一託諸前人，以爲徵信。（《飲冰室專集‧冊八》，頁139）

可見這類造謠中傷之事在當時不一而足。而王俊民是否也因爲曾被王安石提拔而連帶地受到波及？就不得而知了。

第三節　王魁故事的早期面貌

　　前兩節對於王魁故事的形成過程作了一番考證，由其中可以明顯地看出由王俊民軼事轉變成王魁故事的過程。如以《雲齋廣錄》所記載的〈王魁歌〉爲證，則王魁故事形成的時間保守估計應在宋仁宗嘉祐六年（1061 年）以後至宋徽宗政和元年（1111 年），恰好五十年的時間內。在這段時間裡，王魁故事已具備了特有的人物及故事情節，而成爲一個獨立的故事。之後，王魁故事仍繼續地流傳，在流傳的過程中仍不斷會有一些新的變化。本節所要處理的是一些時代上屬於宋代，但確切時間不可考的王魁故事材料，其中有一些可能屬於王魁故事形成時間之內所產生的作品，也有一些是在王魁故事形成後不久所產生的作品。由於資料不足或文獻可疑，難以斷定其確實年代，但估計最晚不超過南宋末年。

　　由於這些作品產生之時代距離王魁故事形成時間不遠，可說是王魁故事早期的發展面貌，故在本節中一併討論之。不過，在對王魁故事的早期發展做詳細的歷史陳述時，不得不面臨到以下兩項難題：第一、由於這類材料以往並不被重視，因此在年代的考察上往往無法得到一比較精確或甚至是誤差較小的斷限。第二、由於某些材料是零星且片段的，也因此在故事內容上的若干疑點便

〔註11〕引文見劉子健《兩宋史研究彙編‧引言》（臺北：聯經公司，民國76年），頁9。詳細內容則見同書〈梅堯臣《碧雲騢》與慶曆政爭中的士風〉一文。

無法得到澄清。以下即分別就宋代戲曲和筆記中的王魁故事，逐一說明。

一、宋代的王魁戲

宋代戲曲中演述王魁故事者至少有宋官本雜劇和南戲這兩種名目，作品則有《王魁三鄉題》、《王魁》和《王俊民休書記》等三種。

（一）宋官本雜劇《王魁三鄉題》

據周密《武林舊事·卷十》中載「宋官本雜劇」其下題有：「《王魁三鄉題》」。由於沒有其他的說明，因此其演出內容不詳，由題名看來：「題」應是題詩、題詠之意，但「三鄉」是何意則不可得知？戴德源認為：「所謂『三鄉題』，就是當時一種可以易詞套用的民間樂曲。」（戴德源〈怨歌一曲唱新譜，倩魂千載繞餘音——川劇王魁戲源流〉，頁60）但也未能確定起自何時？其演出內容與《雲齋廣錄·王魁歌》中所述是否相同？也不可得知。至於其年代，由於材料十分有限，也只能如王國維所言，「與其視為南宋之作，不若視為兩宋之作為妥。」〔註12〕將時代斷限定得寬泛些。因此，它產生的時代可能在王魁故事形成之前或之後，不敢確定。

（二）南戲《王魁》

在言及南戲《王魁》的材料中，如《草木子》、《少室山房筆叢·莊嶽委談》、《九宮正始》和《南詞敘錄》的一開始，以上這些記載中均只稱「《王魁》」二字，〔註13〕不過在《南詞敘錄》的「宋元舊篇」中著錄的名目卻是《王魁負桂英》。可見《王魁》很可能是《王魁負桂英》的省稱。至於是否另有一本題材類似的劇目《王魁》？這可能必須要由演出的內容與形式來判定，單從劇目異同很難判斷。也有人將《王魁》與《王魁負桂英》視為兩部劇作，〔註14〕不可否認地，南戲《王魁》的創作過程中可能經歷過不少修改，

〔註12〕見王國維《宋元戲曲考·五、宋官本雜劇段數》，收入《觀堂曲學名著八種》，頁59。

〔註13〕言及《王魁》之文獻資料，《九宮正始》可參見本論文末〔附錄1〕，其它資料引錄如下：一、明初葉子奇《草木子·卷四·雜俎篇》云：「俳優戲文始於《王魁》，永嘉人作之。」二、明·胡應麟《少室山房筆叢·卷四十一·辛部·莊嶽委談下》：「今《王魁》本不傳，而傳《琵琶》，《琵琶》亦永嘉人作，遂為今南曲首。二事極相類，大可笑也。」三、徐渭《南詞敘錄》一開始言：「南戲始於宋光宗朝，永嘉人所作《趙貞女》、《王魁》二種實首之。」

〔註14〕徐宏圖〈王魁三議〉懷疑至今尚存佚曲的《王魁》是經過文人改制或潤色的，

可能不只一個演出版本，甚至也不只兩個，而是更多，難以數計，因資料有限，無法得到確切的說法，故只有將這段時期的王魁故事演出暫時視爲同一部劇作，只是對於劇名有繁簡不同的稱呼，似不必將之強分爲兩部劇作。

至於「南戲究竟自何時開始？」此一問題，如根據目前所能見到的文獻記載〔註15〕判斷：南戲至少在南渡之後已有相當的發展了。〔註16〕錢南揚先生則根據《南詞敘錄》的說法認爲《王魁》是宋光宗時的作品，視宣和至宋光宗朝的這七八十年爲其醞釀期（《宋元南戲百一錄》，頁 3）。在沒有更多的材料佐證下，也只能暫時根據徐渭《南詞敘錄》的說法，視南戲《王魁》成於宋光宗朝，如此則南戲《王魁》可視爲王魁故事形成後八十年內之作。至於其演出形式，已難以考察；演山內容則尚可根據若干殘曲〔註17〕勾勒出大概，其中較值得注意的有下列五點：

1. 已有王魁、桂英之名，桂英身分爲妓女。
2. 王魁、桂英兩人十分恩愛。
3. 已有「同往聖祠前，雙雙告神天」；「臨行剪髮拈香，神前共同設咒」這樣一個盟誓的儀式。

與戲文初創之作是不同的。從而大膽假定：《王魁》是前人所謂戲文初創之作，《王魁負桂英》才是今日尚存佚曲的《王魁》全名。

〔註15〕較早提及南戲的文獻資料有：一、元·劉一清《錢塘遺事》云：「至戊辰己巳間（南宋度宗咸淳四、五年間，西元 1268、1269 年），《王煥》戲文盛行於都下。」二、明·祝允明《猥談》：「南戲出於宣和（宋徽宗年號）以後，南渡之際，謂之溫州雜劇。」三、明·徐渭《南詞敘錄》：「南戲始於宋光宗朝，永嘉人所作《趙貞女》、《王魁》二種實首之。」

〔註16〕據徐渭之說則傳南戲是自宋光宗朝開始的，不過這個傳說的可信度有多高？還有待斟酌。我們知道一個劇種從產生到形成之間需要一段相當長的時間，在這個傳說中所謂的「開始」指的究竟是醞釀期抑或形成期？其表演型態爲何？皆不可得知。

〔註17〕南戲中《王魁》殘曲輯佚目前所知已有三本：錢南揚的《宋元南戲百一錄》、陸侃如、馮沅君的《南戲拾遺》、趙景深的《宋元戲文本事》（後來收入趙景深《元明南戲考略》）。另姚華《菉猗室曲話》也輯有《王魁》戲文，惟僅錄四曲。趙景深的《宋元戲文本事》於 1934 年 9 月發行，錢著遲三個月，陸馮合著是在 1936 年《九宮正始》的發現後補遺的。趙氏所輯範圍有：《南九宮譜》、《新編南九宮詞》、《雍熙樂府》、《九宮大成南北詞宮譜》。輯有五曲：【熙州三臺】、【換頭】、【長生道引】、【泛蘭舟】、【十二嬌】、【十二時】，均已見錢南揚《宋元南戲百一錄》。而錢著所輯範圍較趙著多出《南詞定律》、《吳歈萃雅》、《南音三籟》。陸馮合著較趙、錢二本多出《九宮正始》一書。南戲《王魁》殘曲內容見論文末附錄一：宋元王魁戲曲輯佚（頁 129）。

4. 其中有一句似爲鴇母勸桂英:「怕你吃他負,無人替你羞。」

5. 桂英派人到徐州,王魁卻將下書人打離廳。

由現存南戲《王魁》的殘曲看來,其情節雖不完整,但大體上與《雲齋廣錄》所載相距不遠,至於部分情節像:王魁臨行前,桂英是否有不祥之夢?及自王魁將下書人打離廳之後的情節均不詳。又如:桂英是否以金刀自盡?以及其結局方式如何?……等這些問題因大多曲文均已亡佚,因此也未能得到解答。

此外,從曲文看來頗經修飾,應不是出於優伶鄉夫之手,至少也是頗具文學修養者所爲。這一點前人亦有提及,〔註 18〕甚至也有人以此質疑《王魁》爲南戲之首的說法,〔註 19〕不過這只能說明:這些殘曲並非是南戲《王魁》的最初面目,至於《王魁》是否爲南戲之首的問題顯然並不能在此得到解決。雖然如此,可以肯定的是:這些殘曲絕不可能是南戲草創時期的作品。〔註 20〕

(三)南戲《王俊民休書記》

南戲除《王魁》外,另外在徐渭《南詞敘錄‧宋元舊篇》及《永樂大典目錄‧卷三十七‧戲文九》均著錄有《王俊民休書記》,今已隻字不存,時代亦不可考。又《傳奇彙考標目》別本錄有楊酷叫《王狀元扯休書》,題目正名無考,這可能是寫王魁故事的戲曲,但也可能不是,姑錄之於此。

(四)其它戲曲作品中的王魁故事

南戲《張協狀元》第二十齣【四換頭】中有一句提及王魁事者:

> (生)神須聽協語:會辜恩我辜汝恩?(旦)君須記那時。(合)在
> 紙爐中血污衣。(生)你莫學王魁薄倖種,把下書人打離聽。(錢南
> 揚案:此二句應作「旦唱」爲是。)(合)這般樣人,這般樣心。我
> 時聞傳耗音。(《永樂大典戲文三種校注》,頁 106。)

張庚、郭漢城合著之《中國戲曲通史》認爲:《張協狀元》可以確定是宋人的作品。(第一冊,頁 231)可見在宋代流行的王魁故事裡,「把下書人打離廳」

〔註 18〕李簡《〈九宮正始〉所據〈九宮十三調詞譜〉及所引「元傳奇」時代質疑》一文中認爲《九宮正始》所錄元傳奇已非其最初面目,所采並非元本,而是經過明人之手修改者。而錢南揚也說《王魁》這幾支南戲殘存的曲文,「已是出于文人之手,決非最初的民間作品。」(《宋元南戲百一錄》,頁 3)。

〔註 19〕如徐宏圖〈王魁三議〉,便認爲「戲文不可能始於《王魁》」(頁 108)。

〔註 20〕劉念茲也有同樣的看法,他說:「《輯佚》(指錢南揚所輯)中十八支殘曲顯然不是民間作品,文詞古雅,可能與永嘉人所作的《王魁》,大有不同,所以不能認定這十八支殘曲爲古南戲的原曲。」(《南戲新證》,頁 132)。

是大家所熟知的王魁故事情節。這一點和《雲齋廣錄》中所載是一樣的。

二、宋代筆記中的王魁故事

　　除戲曲外，筆記小說也可能出現時代不明的問題。宋代筆記小說中的《王魁傳》，除《齊東野語》中所提及的夏噩《王魁傳》外，另劉斧《摭遺》〔註21〕中也有《王魁傳》。可惜《摭遺》一書今亦亡佚，宋代作品中，惟曾慥《類說》與張邦幾《侍兒小名錄拾遺》尚存《王魁傳》一文。

　　曾慥《類說》原本成書於紹興六年（1136 年），當宋高宗南渡後不久。現存之《類說》版本據昌彼得先生考證，認爲「今傳《類說》已有後人所增益也」，且「是書元明之際未再刊刻」，自宋代以後「傳錄者所收種數遞有增加，究竟何者爲曾氏原纂？何者爲後人所增入？已無從考辨矣。」〔註22〕如此一來，曾慥《類說》一書可能經後人所增益，故其所載《王魁傳》的時代便不免受到質疑。雖然如此，在別無善本的情況下，也只好暫時將之視爲曾慥所作。

　　同樣題名爲宋人之作的《侍兒小名錄拾遺》亦引《摭遺》，但條目標爲「桂英」。此書據《四庫全書總目・卷一百三十七》云：

> 《侍兒小名錄拾遺》一卷。舊本題宋晉陽張邦幾撰。前有邦幾自序，曰：「少蓬洪公作《侍兒小名錄》，好事者多傳焉。王性之補錄一卷，意語盡矣。余友溫彥幾復得一卷以授余，曰：『他日觀書有可采錄之』，乃作《拾遺》。」與晁公武《讀書志》合。然公武稱「舊本但題朋溪先生，不著名氏」，又稱「或云董彥遠家子弟爲之。」彥遠乃董逌之字，其子弟則不知爲誰？此本爲明商濬所刊，獨題爲「邦幾」，不知何據？考濬刻《稗海》，此書與張邦基《墨莊漫錄》相連，豈因彼而誤作「邦基」？又譌「基」爲「幾」耶？錢希言《戲瑕》引作「張邦畿」，則愈譌愈遠矣。《讀書志》謂此書多用古字，今不盡然，蓋後人所改。所載不甚簡擇，如「江蓮」、「王魁」二事皆猥鄙不足道，又如大喬、小喬乃孫策、周瑜之妻，以爲侍兒，尤舛謬也。

如果明人商濬所刻《稗海》已不復《侍兒小名錄拾遺》之原貌的話，則所面臨的也仍是和《類說》一樣的問題。在《侍》書的作者方面，程毅中根據吳騫《拜

〔註21〕《中國小說百科全書》「劉斧」條認爲劉斧當爲北宋仁宗至哲宗年間人。
〔註22〕參見昌彼得〈國立中央圖書館善本書志——類說〉一文。（收入《國立中央圖書館館刊》，民國56年10月，新1卷第2期，頁74～78。）

經樓詩話‧卷三》所言認爲《侍兒小名錄拾遺》是宋‧董弅所編。〔註23〕吳騫《拜經樓詩話‧卷三》是這麼說的：

> 《文獻通考》載《侍兒小名錄》一卷，續一卷。引陳氏《書錄解題》曰：『序題朋溪居士，而不著名氏，或云董彥遠家子弟所爲。』騫按：彥遠名逌，朋溪居士即其子弅也，字令升。朋溪在宜興縣東北五里，弅嘗僑居於此，自謂與溪爲朋，故號曰『朋溪』。孫覿爲之記，又建楚頌亭於溪側。《侍兒小名錄》明人刻入《稗海》，題曰《侍兒小名錄拾遺》，共祇一卷，似已非董氏之舊。弅所著《閒燕常談》、《廣川家學》、《新定志》等書，並見於《書錄解題》，獨此書《稗海》又妄題張邦幾，而次諸張邦基《墨莊漫錄》之後，邦幾、邦基，一人耶？兩人耶？（下小字註：錢希言《戲瑕》引之，又作「張邦幾」，蓋愈傳愈譌矣。）傳疑六七百年，而今始得作者名氏，亦一快事。」（《清詩話》，頁759。）

由於《侍兒小名錄拾遺》的作者有兩種說法：一說是張邦幾，一說是董弅。二人的生卒年代均不詳，不過《補侍兒小名錄》的作者王銍約爲南宋初年人，〔註24〕與曾慥同時，而無論是董弅或張邦幾其編《侍兒小名錄拾遺》的時間在王銍編《補侍兒小名錄》之後，故《侍兒小名錄拾遺》當爲南宋之作。今將《類說》與《侍兒小名錄拾遺》二書所引之王魁故事對照表列如下（見表2－1）：

表2－1：《類說》與《侍兒小名錄拾遺》所引王魁故事對照表：

《類說‧卷三十四》引《摭遺‧王魁傳》	《侍兒小名錄拾遺》「桂英」條
王魁下第失意，入山東萊州。友人招遊北市深巷小宅，有婦人絕艷，酌酒曰：「某名桂英，酒乃天之美祿，足下得桂而飲天祿，前春登第之兆。」乃取擁頂羅，請詩，生題曰：「謝氏筵中聞雅唱，何人夭玉在簾幃？一聲透過秋空碧，幾片行雲不敢飛。」	王魁遇桂英於萊州北市深巷，桂酌酒求詩於魁，魁時下第，
桂曰：「君但爲學，四時所須，我辦之。」由是魁朝暮去來，踰年有詔求賢，桂爲辦西遊之用，將至州北，望海	桂英曰：「君但爲學，四時所須，我爲辦之。」由是魁朝去暮來，踰年有詔求賢，桂爲辦西遊之用，將行，往州

〔註23〕見《中國古代小說百科全書》「侍兒小名錄拾遺」條。
〔註24〕參見《中國古代小說百科全書‧王銍》條。

神廟盟曰：「吾與桂誓不相負，若生離異，神當殛之。」	北望海神廟盟曰：「吾與桂英，誓不相負，若生離異，神當殛之。」
魁至京闈寄書曰：「琢月磨雲輸我輩，都花占柳是男兒，前春我若功成去，好養鴛鴦作一池。」	
後唱第爲天下第一，魁私念科名若此，以一娼玷辱，況家有嚴君不容也。不復與書。	魁後唱第爲天下第一
桂寄書曰：「夫貴婦榮千古事，與君才貌各相宜。」又曰：「上都梳洗逐時宜，料得良人見即思，早晚歸來幽閣內，須教張敞畫新眉。」又曰：「陌上笙歌錦繡鄉，仙郎得意正疎狂，不知憔悴幽閨者，日覺春衣帶系長。」	
魁父約崔氏爲親，授徐州僉判。桂喜曰：「徐去此不遠，當使人迎我矣。」遣僕持書，魁方坐廳決事，大怒，叱書不受。桂曰：「魁負我如此，當以死報之。」揮刃自刎。魁在南郡試院，有人自燭下出，乃桂也。魁曰：「汝固無恙乎？」桂曰：「君輕恩薄義，負誓渝盟，使我至此。」魁曰：「我之罪也。爲汝飯僧誦佛書，多焚錢紙，捨我可乎？」桂曰：「得君之命即止，不知其他也。」	魁父約崔氏爲親，授徐州僉判，桂英不之知，乃喜曰：「徐去此不遠，當使人迎我矣。」遣僕持書，魁方坐廳決事，大怒，叱書不受，桂英曰：「魁負我如此，當以死報之。」揮刀自刎。魁在南都試院，有人自燭下出，乃桂英也。魁曰：「汝固無恙乎？」桂英曰：「君輕恩薄義，負誓渝盟，使我至此。」魁曰：「我之罪也。爲汝飯僧誦佛書，多焚紙錢，捨我可乎？」桂英曰：「得君之命即止，不知其他。」
魁欲自刺，母曰：「汝何悖亂如此？」魁曰：「日與冤會，逼迫以死。」母召道士高守素屢醮，守素夜至官府，魁與桂髮相繫而立，有人戒曰：「汝知則勿復拔。」數日，魁竟死。	後魁竟死。

由上表可明顯看出：《類說》與《侍兒小名錄拾遺》二書所載王魁故事的差異主要在於《侍兒小名錄拾遺》將一些詩句和細節刪除了，因而看起來較簡略，但其行文用字仍與《類說》本相當一致，情節上也大同小異。由此看來，有兩種可能：第一、如果說二書分別是獨立完成的話，那麼二書應當是來源自同一文本。第二、也可能是二書中有一書是以採集對方之說加以刪削或潤飾而成。基本上，二書均註明其引自《摭遺》，如暫不考慮文獻本身的可信度，則曾慥《類說》的成書時代自然比《侍兒小名錄拾遺》要早，二書可

能皆源於《摭遺》。

這兩本文獻中所記錄的王魁故事較前述之《雲齋廣錄》所增加的部分則有：一、海神廟之名已經出現，二、王魁之父約親崔氏，三、魁曾請求桂英鬼魂饒他一命，但桂英不允。早期的材料有限，我們並不知道南戲《王魁》和當時宋元筆記《王魁傳》二者間是否存在著彼此交流的關係？不過根據其故事內容來看，同樣是桂英派人送家書去徐州給王魁，然後下書人被王魁打離廳。這樣的情節在宋元筆記小說和南戲的王魁故事裡可說是相當一致的。

總括來說，以上所列舉的文獻材料中，敘述王魁故事者，有筆記兩種：一、曾慥《類說》所引《摭遺·王魁傳》，二、《侍兒小名錄拾遺》所引《摭遺》；戲曲三種：一、宋官本雜劇《王魁三鄉題》，二、南戲《王魁》，三、南戲《王俊民休書記》。戲曲三種今日均已不傳，而兩部筆記作品內容差異不大，以《類說》之內容較詳細。和《雲齋廣錄》中的《王魁歌》相較之下，《類說·王魁傳》的故事敘述顯得比較完整，其間的變化多在一些枝節上，例如：在哪一間廟盟誓？有無約親者？約親之人是何姓氏？王魁遇見桂英前來索命時的反應如何？等等，其增飾的部分很少，因此就故事內容來看，似可將《類說·王魁傳》視為王魁故事的早期作品。又《摭遺》一書的作者劉斧，約為北宋仁宗至哲宗時人，[註25] 如果《類說》所引之《摭遺·王魁傳》保存了《摭遺》的原貌，則《類說·王魁傳》當可視為王魁故事形成時期內的作品，其時代甚至可能早於《雲齋廣錄》！

〔註25〕參見註21。

第三章 王魁故事成型後的發展與演變

本章與第二章的不同處在於：第二章中著重王魁故事的本事考，是就王魁故事形成的過程作敘述，所討論的時代至王魁故事形成時為止，並附帶提及宋末之前的早期王魁故事面目。而本章將討論王魁故事自南宋末年至明代的演變史，著重於王魁故事形成後，在此一故事結構上所產生的種種變化。

第一節 宋元王魁故事的發展

一、南宋話本中的王魁故事

至南宋末年，[註1] 話本形式的王魁故事也已出現。羅燁《醉翁談錄‧舌耕敘引》〈小說開闢〉中即已出現「王魁負心」此一名目，將之列為「傳奇」類。書中也詳錄了〈王魁負心桂英死報〉的內容（《新編醉翁談錄卷之二‧辛集‧負約類》），其故事情節與筆記體的《類說‧王魁傳》相較並無大太變化，甚至在形式上，因它沒有以詩或詞起結，也沒有入話，又採文言體創作，故不容易和筆記體區分開來。但如就內容來看，書中〈小說敘引〉、〈小說開闢〉言及說話之內容，同書中其餘若干篇，也有被收錄在明人所刊行的話本中，而學者一般亦認為書中所載「這些故事宋元時期曾為小說者流加以演說」（王秋桂〈附錄：論「話本」一詞的定義校後記〉，收入氏著《中國文學論著譯叢》，

〔註 1〕 據譚正璧《話本與古劇‧宋元話本存佚綜考》一文言《醉翁談錄》「書中所敘故事，最晚在宋理宗時候……」又云：「所列一百餘種小說，自當為盛行于宋末元初之間無疑了。」王安祈先生認為《醉翁談錄》所載〈王魁負約桂英死報〉「很可能就是當時說話人講說王魁故事的藍本。」（〈川劇王魁戲與目連戲的關係〉，頁 150）此處所言「當時」雖未明確指出，但一般均視羅燁為南宋末年人。

頁 197）。因此，本文茲以其內容爲主，採譚正璧及王安祈等學者之說，〔註2〕將《醉翁談錄》中所收〈王魁負心桂英死報〉一文歸屬於「話本」類。

《醉翁談錄》中所記載的王魁故事大體上與筆記類（如《類說‧王魁傳》）相較並無大太變化，不過其敘述與筆記體相比，較爲細膩。如《醉翁談錄》言及桂英自殺前還曾到海神祠去，並「語其神曰：『我初來，與王魁結誓於此，魁今辜恩負約，神豈不知？既有靈通，神當與英決斷此事，吾即自殺以助神。』乃歸家，取一剃刀，將喉一揮，就死於地。」這裡將桂英對海神說了什麼話，而後回家，如何自殺？用什麼刀？揮向何處？等等都做了比較詳細的交代，這是《類說‧王魁傳》中所沒有的。其次，《醉翁談錄》本也運用了豐富的想像力來造成特殊的文學效果，例如它描述桂英死後一段：

> 桂英既死，數日後，忽於屏間露半身，謂侍兒曰：『我今得報魁之怨恨矣！今已得神以兵助我，我今告汝而去。』侍兒見桂英跨一大馬，手持一劍，執兵者數十人，隱隱望西而去。遂至魁所，家人見桂英仗劍，滿身鮮血，自空而墜，左右四走。（《新編醉翁談錄》，頁94）

像這樣比較誇張和富於想像力的描寫也是筆記體《王魁傳》中所沒有的。這種文學技巧別有「一種嚴肅文學作品所無法達到的美感」（《小說面面觀》，頁105）不僅活潑生動而且予人印象深刻。可見王魁故事流傳至南宋末年已逐漸趨於穩定，且已有文學性的描寫了。以下將進入元代，看看王魁故事在當時的流傳又是怎樣的面貌？

二、元代的王魁戲

元代戲曲中的王魁故事見於著錄者如下（見表3－1）：

表3－1：元代王魁戲著錄情況：

著錄類別	劇名稱呼	作 者	出 處
元傳奇	《追王魁》	闕名	《傳奇彙考標目》別本第二十五
元雜劇	《海神廟王魁負桂英》	元‧尚仲賢	繁本《錄鬼簿》、〔註3〕《今樂考證‧著錄一》

〔註2〕 同註一。
〔註3〕 本文採用王鋼校訂之《校訂錄鬼簿三種》（河南：中州古籍出版社，1991年），其中共有三種修訂本，書中並依其內容詳略分爲簡本、繁本、增補本三種。

	《王魁負桂英》	元・尙仲賢	增補本《錄鬼簿》、《雍熙樂府》【雙調・新水令】、《北詞廣正譜》【雙調・新水令】
	《負桂英》	元・尙仲賢	簡本《錄鬼簿》、《太和正音譜・群英所編雜劇》、《元曲選目》、《曲海目》

（一）元傳奇《追王魁》

　　《追王魁》原無古齋所藏原抄本《傳奇彙考標目》中無此目，而是在邵氏增補原稿本中第二十五著錄元傳奇無名氏四十一個名目，其中有《追王魁》一目。〔註4〕邵本之著錄類別分爲「元傳奇」、「明傳奇」和「國朝傳奇」三種，而於「元傳奇」中既著錄有：《琵琶》、《荊釵》、《拜月》等南戲，但也有元雜劇作家侯正卿之《春風燕子樓》、王伯成《開元天寶遺事》、王實甫《西廂記》，看來作者當時只有區分朝代的觀念，尙無區分雜劇、南戲的觀念。因此《追王魁》只能視爲元人之作，至於是雜劇或南戲，就不可得知了。今已隻字無存，故其內容不可考。

（二）元雜劇《海神廟王魁負桂英》

　　尙仲賢一人所作王魁負桂英故事，其劇目有三種不同的稱呼，由於在相關記載中未見有提及改本者，故亦不妨將這三種不同的劇目視爲同一本劇作，同時增補本《錄鬼簿》於「負桂英」下注有題目正名：「海神取活命，王魁負桂英」，由此可證：「負桂英」是「王魁負桂英」的省稱。一般人看戲重視的是演出內容，至於戲名的稱呼則往往會自動省略掉，尤其當戲名很長的時候更是如此。

　　元雜劇《海神廟王魁負桂英》今亦僅《雍熙樂府》存【雙調・新水令】一套，曲十四支，《北詞廣正譜》載【胡十八】一支（內容參見論文末附錄一）。作者尙仲賢係今日王魁戲可考之作者中最早的一位，他是「元代前期戲曲作家。眞定（今河北正定）人。曾做過江浙行省務官……從其雜劇《柳毅傳書》中所述太湖洞庭及錢塘龍女的故事來看，他的劇作吸收了江浙地區的傳說故事。或許，尙仲賢對當時杭州雜劇的創作、演出，對杭州雜劇的發展、繁盛還產生有一定影響呢。」（《中國古代戲曲家評傳》，頁 129）又賈仲明【凌波仙】吊詞詠尙仲賢云：

〔註4〕參見《傳奇彙考標目校勘記》，收入《中國古典戲曲論著集成・七》，頁254。

棄官歸去捻淵明，工巧王魁負桂英。四務提舉江浙省，與戴善夫相
輔行。較論巧諸葛聞成。三奪槊、謁漿崔護。秉燭旦、越娘背燈、
洞庭湖柳毅傳情。

這首曲詞中隱括了尚仲賢的雜劇作品：《崔護謁漿》、《尉遲恭三奪槊》、《陶淵明歸去來辭》、《鳳凰坡越娘背燈》、《洞庭湖柳毅傳書》、《沒興花前秉燭旦》、《武成廟諸葛論功》、《海神廟王魁負桂英》等八種，加上見於《錄鬼簿》著錄者二種：《張生煮海》、《漢高祖濯足氣英布》，共十種。今僅存《漢高祖濯足氣英布》、《洞庭湖柳毅傳書》、《尉遲恭三奪槊》三種，《陶淵明歸去來辭》、《鳳凰坡越娘背燈》及《海神廟王魁負桂英》三種存殘曲。如果據尚仲賢所任官職在江浙一帶來看，那麼猜想他可能曾經看過南戲，或許元雜劇《海神廟王魁負桂英》可能就是尚仲賢自南戲中移植改編的也不一定！不過由於使用的語言不同，風格也顯得極為迥異，可惜今日所存殘曲太少，無法做進一步的對比。由殘曲內容看來（見附錄一），其中有幾點值得注意處：

一、仍保有海神廟立誓。

二、王魁曾經「忍冷耽饑，窮滴滴少衣無食」（【折桂令】）

三、王魁中舉後，「厭娼人門戶低微」，「在宰相家里，別娶了嬌妻」（【折桂令】）

四、王魁還罵桂英是「柳陌花街娼妓」。（【折桂令】）

五、桂英至海神廟哭訴，有類似後來〈打神〉的情節，桂英對神祇罵道：「這殿階前空立一統正直碑，我分付了這壁，我告訴那壁，你為甚將我不應對？元來是這一堂兒都是箇塑來的泥！」（【胡十八】）

六、桂英唱道：「再見人有甚面皮。」「舊廝守女伴每嫌，則稱了俺那受廝曠虔婆意。」在此已進一步說明桂英所處的境地已無後路可退，她怕人恥笑，無臉見人，使得觀眾對桂英自盡的動機有更進一步的認識。

七、最後桂英說：「不如做裙刀兒刃下鬼。」看來在元雜劇《王魁負桂英》中桂英最後是以「裙刀」自盡的。「裙刀」是什麼呢？《宋元語言辭典》解為「壓衣刀。壓衣服用的佩刀。」（頁906）如《抱妝盒》第二折一開始劉皇后云：「……將那孩子或是裙刀兒刺死，或是縷帶兒勒死，丟在金水橋河下！」（《元曲選》，頁1459）又如《曲江池》第四折中正旦云：「使妾更何顏面可立人間？不若就壓衣的裙刀，尋個

自盡處罷！」(《元曲選》，頁 275) 再看王曄【新水令・閨情】套：「來時跪膝兒在床前問，將那廝謊舌頭裙刀兒碎刎。」(《全元散曲》，頁 1093)，由此看來，裙刀應較接近刀。換言之，桂英在元雜劇中最後當是以類似刀之物自盡的。

在此之前的王魁故事只有《醉翁談錄》中的〈王魁負心桂英死報〉一文曾提及桂英在聞知王魁負心之後，同侍兒「往海神祠中」，至於《類說》和《侍兒小名錄拾遺》中的描寫則是緊接著桂英便說：「魁負我如此，當以死報之。」於是桂英便揮刃自刎。敘述中並未提及再度前往海神廟一節。另外，在《雲齋廣錄》中有一句頗值得玩味：「虛神暗許攄遺恨，尚有盟言要可信」，由於其表達不夠清楚，故很難確定在此是否也有桂英再度前往海神廟的情節。

總之，由這殘存的《海神廟王魁負桂英》套曲來看，隱然已具備了後世〈打神告廟〉演出的雛型。

最後，附帶一提的是：元代在筆記方面有題名柳貫所撰之《王魁傳》(見《圖書集成・閨媛典・卷三百六十二。》) 其內容與《類說》大體相同，令人不解的是：作者怎麼變成了「柳貫」？事實上在柳貫的文集中並無此文，恐為好事者託名之作。

（三）見於其他戲曲中的王魁故事

除了直接演述王魁故事的戲曲和筆記外，其他散曲或戲曲裡提到王魁故事的曲文很多，藉由散曲、雜劇和南戲的曲文，仍可看出王魁故事在宋元時代流傳的情況。

1、元散曲中提及王魁故事者

元代散曲作品中提及王魁故事之處甚多，茲舉兩例，以見一斑。如：高克禮【雙調・雁兒落過得勝令】：

> ……豈不舉頭三尺有神明。忘義多應當罪名。海神廟見有他為證，似王魁負桂英，磣可可海誓山盟，縷帶難逃命，裙刀上更自刑，活取了簡年少書生。(《全元散曲》，頁 1083)

又如：無名氏【雙調・水仙子】雜詠：

> 麗春園蘇氏棄了雙生，海神廟王魁負了桂英，薄倖的自古逢著薄倖，志誠的逢著志誠，把志誠薄倖來評，志誠的合天意，薄倖的逢著鬼兵，志誠的到底有簡前程。(同上，頁 1751)

2、見於其他南戲中的王魁故事

試由下列所舉的六條南戲曲文中的例子來看看王魁在宋、元時期是何形象？

例一、《王子高》中，周瓊姬對王子高說：「不誤佳期，果然是三日來至。感娘行，情深意密似膠漆。告郎知：有緣千里能相會，無緣咫尺隔千里。莫學王魁扯破家書負恩義。娘行聽啓。」（【南呂過曲‧本宮賺‧第二格】，《南戲拾遺》，頁 41）

例二、《李亞仙》中，鴇母對李亞仙說：「是如何是？空有傾城艷質，怎得箇知心相共美？向歲華荏苒如奔騎，淚偷垂。你還如桂英曾被王魁棄，又何用把男兒頻掛齒？愛惜你，恐你們悔時無計。」（【南呂過曲‧本宮賺‧第五格】，《南戲拾遺》，頁 52）

例三、《張資鴛鴦燈》中，李氏娘對張資道：「香羅帶子新，新紅間青，須知道寸絲是奴寸情，在郎身畔是奴親也。休薄倖，莫忘故恩。一同帶著，一回上心，睹物思情也，莫學王魁負桂英。」（【南呂宮過曲，香羅帶，第五格】，《南戲拾遺》，頁 146）

例四、《崔君瑞江天暮雪》中，鄭月娘對崔君瑞道：「去程已趲，把行李都造辦。望陽關，臨岐執手去意懶。淚偷彈，流入酥胸透膽寒。君去後，但只願早寄平安，休教人目斷南來雁。數歸期，金釵准備刻畫闌。恨不得上青山化一塊頑石你還。莫學王魁負義漢，若忘情，須瞞不過青天湛湛，兩情牽絆。」（【南呂調近詞‧婆羅門賺‧第五格】，《南戲拾遺》，頁 150）

例五、《宦門子弟錯立身》第五齣【仙呂‧南排歌】王金榜唱：「聽說因依，其中就里：一個負心王魁；孟姜女千里送寒衣；脫像雲卿鬼做媒；鴛鴦會，卓氏女；郭華因為買胭脂；瓊蓮女，船浪舉，臨江驛內再相會。」（錢南揚《永樂大典戲文三種校注》，頁 231。）

例六、錢玉蓮送行前對王十朋唱道：「半載夫妻成拆散，一朝鴛侶分飛，二親年老怎支持，成名思故里，切莫學王魁。」（《王狀元荊釵記》第十五齣）〔註5〕

〔註5〕 《王狀元荊釵記》全名爲《新刻原本王狀元荊釵記》，經學者考訂雖然並非元人著作的原本，但卻是「比較近于元人原本的《荊釵記》」，在此姑且以其源自宋、元時之舊作而暫列於此處。關於其版本說明，可參見 Cyril Birch 著、

由其中的敘述看來，宋、元之時，「王魁」作為「負心漢」的同義詞顯然已經深入人心。

3、見於其他雜劇中的王魁故事

此外，在其他元雜劇中提及王魁故事者亦有以下五例：

例一、闕名《鄭月蓮秋夜雲窗夢》第三折：

> 【堯民歌】……多情多情逢志誠，休學李勉、王魁幸。（《元曲選外編》，頁790）

例二、闕名《薩眞人夜斷碧桃花》第一折：

> 【賺煞尾】〔正旦唱〕則要你說下言詞有准，休著我爲你個薄倖王魁告海神。……〔張道南云〕小官忝蒙小娘子厚情，我只願學那張敞，斷然不敢做王魁也。〔正旦唱〕哎！你箇畫眉人可休做了那負心人。（《元曲選》，頁1690）

例三、闕名《逞風流王煥百花亭》第三折：

> 【浪裡來煞】〔旦云〕解元，你姓王，那王魁也姓王，則願你休似王魁，負了桂英者。〔正末做悲科唱〕怎將我王煥比做王魁，我向西延邊上建功爲了宰職，你管取那五花誥夫人名位，則不要你個桂英化做一塊望夫石。（《元曲選》，頁1438）

例四、關漢卿《詐妮子調風月》第三折【越調·鬥鵪鶉】「短嘆長吁」套：

> 【綿答絮】我又不是停眠整宿，……俺那廝一日一個王魁負桂英，你被人推人推更不輕，……（《元曲選外編》，頁88）

例五、李文蔚《燕青搏魚》第三折：

> 【煞尾】怎知他欠本分，少至誠，忒淫濫蘇小卿，不值錢王桂英，挈住了姦夫你又殺不成，倒被他拖入囹牢死狗似撐。（《元曲選》，頁242）

由這些參證的材料可以看出王魁故事在元代流傳是多麼普遍，且人們對於王魁故事的印象是何模樣？對元人而言，「王魁負桂英」應是一個很熟悉的故事。而且，王魁故事在元代仍是一個負心漢遭到冥報結局的架構，而故事中的男主角王魁在元代也已經普遍地被視爲一個「負心漢」的典型代表了。

賴瑞和譯，〈早期傳奇劇中的悲劇與鬧劇——琵琶記與荊釵記的比較〉後附賴瑞和之〈譯者後記〉，收入王秋桂編《中國文學論著譯叢》下冊，頁685；及俞爲民《宋元南戲考論》，頁81。

　　大體而言，宋元時代的王魁故事乃依循著其在北宋末年所形成的故事綱架繼續發展，就主要情節而言，變動不大，仍是以「王魁負心——桂英捨命——活捉王魁」這樣一個基本模式發展，不過在其中加入一些細節，以增加其感動人的力量。

第二節　以翻案爲主的明代王魁戲

　　明代演王魁故事的戲曲見於著錄者有以下幾種：

表 3－2：明代王魁戲著錄情況：

著錄類別	劇名稱呼	作　者	出　處
一、 （闕） （闕）	《桂英誣王魁》 《桂英誣王魁海神記》 《海神記》	明・闕名 闕名 闕名	《南詞敘錄・本朝》 《百川書志・卷六》 《群音類選・北腔類》
二、明雜劇	《王魁不負心》	明・楊文奎	《太和正音譜・群英所編雜劇》、《今樂考證・著錄三》、《元曲選目》
三、（闕）	《風月囊集》	明・馬惟厚	《百川書志・卷六》
四、明傳奇 明院本	《焚香記》	明・王玉峰	呂天成《曲品》、《傳奇品》、《曲考》、《重訂曲海總目》、《傳奇彙考標目》 《今樂考證・著錄七》
五、明傳奇	《三生傳玉簪記》 《三生傳》 《三生記》	明・馬守貞 明・馬守貞 明・馬湘蘭	《群音類選・卷十八》 《傳奇彙考標目》 《曲品補遺》、《月露音・卷四》

其中《桂英誣王魁》、《海神記》、《桂英誣王魁海神記》三者，據推想：很可能是同一本在著錄時有繁簡之別的異名，倘若眞是如此，則此劇全稱應作《桂英誣王魁海神記》，至於《桂英誣王魁》和《海神記》均爲其省稱，故三者實際上可視爲一本。此外，《三生記》、《三生傳》及《三生傳玉簪記》同爲一人所作，亦將視爲馬守貞同一本劇作之異稱。因此，共計有無名氏《桂英誣王魁海神記》、楊文奎《王魁不負心》、馬惟厚《風月囊集》、王玉峰《焚香記》及馬湘蘭《三生傳玉簪記》等五種。以下分別詳細述之：

一、楊文奎《王魁不負心》

作者楊文奎，傅惜華《明雜劇考》曰：

> 楊文奎，字、號不詳。籍里、事蹟今不可稽。雜劇作品，現可考凡
> 四種，然僅一種傳於世。《太和正音譜》論「古今群英樂府格勢」，
> 嘗喻其作品風格「如匡廬疊翠」。（頁 13）

楊文奎的作品有：《翠紅鄉兒女兩團圓》、《王魁不負心》、《封陟遇上元》、《玉
盒記》等四種，均不傳。《元曲選》中所收《翠紅鄉兒女兩團圓》題楊文奎作，
但莊一拂認為此劇應為高茂卿所作，楊本已佚。（《古典戲曲存目彙考》，頁 392
～393）因《太和正音譜》著錄其名及作品，又稱為「國朝」，而《太和正音
譜》序於洪武戊寅（1398 年），故知楊文奎這四種雜劇作品應在此之前即已完
成。換言之，《王魁不負心》最晚應成於明太祖洪武年間。由於此劇今已不存，
故其內容如何，不可得知。惟從劇名看來，當屬改「王魁負心」為「王魁不
負心」之翻案作品。

二、闕名《桂英誣王魁海神記》

雜劇與傳奇差別較大，較易區分，但南戲與傳奇的分別，則說法上仍有
爭議，〔註6〕不過時代上多認為自明嘉靖或萬曆至清康熙這一段時間，可視為
傳奇時期。〔註7〕如依張庚、郭漢城《中國戲曲通史》之說，則南戲與傳奇的
分別關鍵主要在於崑山腔和弋陽腔的興起，〔註8〕即崑山腔興起後為傳奇時
期，又如果以《浣紗記》之創作來作為分野指標的話，則大致在隆慶和萬曆
初期（張庚、郭漢城《中國戲曲通史》第二冊，頁 17）。如此再來看《桂英誣
王魁海神記》的創作年代。首先，此劇經徐渭《南詞敘錄》著錄，於「本朝」
（即明朝）以下著錄為《桂英誣王魁》，作者不詳，但其創作年代當在明初至
徐渭《南詞敘錄》成書之前。徐渭《南詞敘錄》自序中言此書作於「嘉靖己

〔註6〕 參見：一、林鶴宜〈晚明戲曲刊行概況〉，《漢學研究》，第 9 卷第 1 期，頁 296
～297。二、王永健《中國戲劇文學的瑰寶——明清傳奇》（南京：江蘇教育
出版社，1989 年），頁 5。三、洛地《戲曲與浙江》（杭州：浙江人民出版社，
1991 年）第五章第一節。

〔註7〕 關於傳奇時期之時代斷限，學者之說雖大致上相近，但仍有細微的出入，茲
採洛地（《戲曲與浙江》，頁 256）之說，因其涵蓋面較廣。

〔註8〕 參見張庚、郭漢城《中國戲曲通史》第二冊（臺北：丹青圖書公司，民國 75
年），頁 1。

未」（1559 年），可見《桂英誣王魁》之作當在明初之後，嘉靖己未之前。此時尚未進入「傳奇」時期，故以「南戲」稱之，應無不妥。其次，《百川書志·卷六》中曾述及《風月囊集》係改《桂英誣王魁海神記》而成，由此推斷：《桂英誣王魁》之作當在《風月囊集》之前。《風月囊集》作者馬惟厚雖然生平不詳，但一般均視他爲明代前期〔註9〕雜劇作家。亦即《風月囊集》最晚成於明正德時，而《桂英誣王魁》更在此之前。綜合以上所述，《桂英誣王魁》的創作年代最早自明初始，最晚至明正德前。〔註10〕

此作今日僅見《群音類選》「北腔類」中存殘曲，題名爲《海神記》，收〈老鴇訓女〉、〈鴇怨王魁〉、〈王魁訴神〉三段，分類上歸爲北腔類。內容詳見論文末附錄二：《桂英誣王魁海神記》殘曲，大意如下：

第一段〈老鴇訓女〉：應爲桂英和老鴇對唱，前面是桂英表達其厭倦煙花生涯，送往迎來的日子，埋怨老鴇只貪圖錢財，全無情義可言，之後是老鴇訓斥桂英，言道煙花人家本就不是什麼清高之門，要桂英去騙王魁，將他錢財騙盡，然後棄他而去。這段情節和李亞仙與鄭元和故事有些相似。

第二段〈鴇怨王魁〉：此爲老鴇自唱，說自己眼裡只有錢，其他不論。他說：「你便就文成章，詩成聯，也當不的銀來兌。」

第三段〈王魁訴神〉：王魁向海神訴說其留戀風塵，傾家蕩產，老鴇和桂英待他如何虛情假意，哄騙他。後來有一段桂英說：「不合誣枉他，委實另有人。又不合追取平人命，非干賤妾失盟誓。委實親娘苦逼臨。無奈何，依從信，我見他官高榮重，因此上輒起奸心。」（【二十三煞】）看來此劇是將桂英描寫成一個較普通的妓女，聽從了老鴇的計謀，先是騙盡了王魁之錢財，然後對他棄之不顧，之後等他一旦高中狀元，又起了奸心想誣告他，最後海神對此誣告之事大加斥責，說「誣告人割去舌，哄騙人剜了心，迎新棄舊一百棍……」顯然桂英和老鴇在此是一路的，都成了貪財行騙的惡人。這和原來

〔註 9〕一般將明代雜劇分爲前期和後期，前期自明洪武建國起，至弘治、正德間，後期自嘉靖以降以迄明末。參見傅惜華《明雜劇考·例言三》（臺北：世界書局，民國 71 年）及顧學頡《元明雜劇》（臺北：國文天地，民國 80 年），頁 151。

〔註 10〕趙景深以徐渭《南詞敘錄》的成書年代來判斷《桂英誣王魁》當在明嘉靖三十八年以前作（趙景深〈王玉峰的《焚香記》〉，收入氏著《中國戲曲初考》（河南省：中州書畫社出版，1983 年），頁 197～199。），戴德源則言成於嘉靖二十八年前（〈怨歌一曲唱新譜，倩魂千載繞餘音——川劇王魁戲源流〉，頁 63），不知「二」是否爲「三」之筆誤？

《王魁負桂英》中的桂英形象大相逕庭。

三、馬惟厚《風月囊集》

明‧高儒的《百川書志‧卷六》錄「《風月囊集》二卷」其下注云：「皇明古汀減里馬惟厚編，改《桂英誣王魁海神記》也，凡六折。」故知其取材亦是王魁故事。

作者馬惟厚，傅惜華《明雜劇考》曰：

> 馬惟厚，字、號不詳。福建長汀人。生平事蹟無考，僅知爲明嘉靖以前時人，明代前期雜劇作家。所製雜劇一種，亦未見傳流於世。
>
> （頁 79）

馬惟厚的《風月囊集》今隻字未見，但據《百川書志》之說，它應該與闕名的南戲《桂英誣王魁海神記》基本劇情相似。

四、王玉峰《焚香記》

明人王玉峰所撰傳奇《焚香記》是今日所見最早且最完整的王魁故事劇本。關於作者王玉峰，其生平同樣也是不詳。《曲海總目提要‧卷十四‧焚香記》下按語云：

> 此劇爲明王玉峰撰，玉峰字同谷，別號月榭主人，江蘇松江人，所作傳奇四種：《焚香記》、《釵釧記》今存，《羊觚記》、《三生記》佚。

這段材料後來被證明是不足採信的，首先是王玉峰非月榭主人，這一點王永健先生已指明，其理由是：呂天成《曲品》和姚燮《今樂考證》均將王玉峰和月榭主人分別著錄，並未視爲同一人。又呂天成時代與王玉峰接近，故其說可信度高。（見《中國古代戲曲家評傳》，頁 336）呂天成《曲品》著錄王玉峰、月榭主人二家之內容如下：

> 一、著錄作者處，言：「王□□，玉峰，松江人。」列爲下之上。另列「月榭主人」爲下之中。
>
> 二、著錄作品處，言：「王玉峰所著傳奇一本。《焚香》：王魁負桂英，做來甚懇楚。別有《三生記》則合雙卿而成者。《茶船》則載雙卿事，詞不及此。」又列「月榭主人所著傳奇一本。《釵釧》……」（《中國古典戲曲論著集成‧六》，頁 244～245。）

如此看來，月榭主人作《釵釧記》，王玉峰作《焚香記》，他們分別是兩

個不同的人作不同的作品。可知《曲海總目提要》按語所言「王玉峰字同谷，別號月榭主人」不足爲信。

其次，《三生記》也非王玉峰所撰，而是馬守貞所撰。《傳奇彙考標目》中著錄有「馬守貞《三生傳》」，之所以會把《三生記》誤認爲是王玉峰的作品，可能是由於讀呂天成《曲品》「焚香」一條時，由於不夠細心所產生的誤解，以爲王玉峰「別有《三生記》」，殊不知這樣的說法顯然與前面說「王玉峰所著傳奇一本」相矛盾，可見《三生記》確定不是王玉峰作的。

而《羊觚記》僅《傳奇彙考標目》別本著錄之，餘均未見著錄，亦已亡佚，故究竟是否爲王玉峰所撰？亦不得而知。因而可以確定爲王玉峰作品者，僅《焚香記》一種。

對於王玉峰，所知僅止於他是松江（今屬上海市）人，莊一拂《古典戲曲存目彙考》中說他約明萬曆十年前後在世（頁 931），不知所據爲何？吳書蔭則根據沈璟《重訂南九宮詞譜》卷十八引《王魁》佚曲下的註：「舊傳奇，非今本《焚香記》。」來推斷王玉峰生活的年代當與沈璟同時，爲明嘉靖、萬曆間人（《明清傳奇選刊‧焚香記‧前言》，頁 1）。

今日所存之《焚香記》，全本流存的有玉茗堂批評本、李卓吾評本及《六十種曲》本三種，「前兩種無論版刻形式，還是內容本身以及每齣後的總評都相同，所謂玉茗堂批評本，實際上是《李卓吾評焚香記》的翻刻。」（吳書蔭《明清傳奇選刊‧焚香記‧前言》，頁 2）可見：所謂的《李卓吾評焚香記》或《玉茗堂批評焚香記》可能都只是商人的噱頭罷了，不見得其評點內容眞的是出於李贄或湯顯祖之手。至於李卓吾評本和《六十種曲》本之間的差異，經對照後，內容也並無太大差異。

《焚香記》除全本流存者外，另有零齣收錄於曲集或曲譜中者，共計十二種，（參見本章末表 3－3：各曲集、曲譜收錄王魁戲散齣一覽表）就其內容而言，各曲集或曲譜所收《焚香記》散齣，除一些細微的差異外，〔註 11〕大致上仍與玉茗堂本《焚香記》相同。

如就《焚香記》的產生時代及其地點而言，作者王玉峰大約爲明嘉靖、萬曆間松江人，松江即今之上海，是時正當崑曲勃興時。上海距崑山不遠，

〔註 11〕 差異之處如：《珊珊集》、《詞林逸響》、《納書楹曲譜》、《六也曲譜》等書中所收〈陽告〉一折，其中多出【上小樓】、【快活三】等曲，其情節內容並無改變，仍與《玉茗堂批評焚香記》同。

推測:《焚香記》當是以崑山腔演唱的。

　　《焚香記》是王魁故事依傳奇體制寫成的第一部作品,它將原本簡短的故事舖陳爲四十齣,因此在《焚香記》中,它的人物增加了,情節也增多了。其人物配置及各齣目內容可參見論文末附錄三:王玉峰《焚香記》人物及齣目介紹。在王玉峰的《焚香記》中王魁負桂英故事的主題完全改變了,王魁不再是一個單純地拋棄昔日約親娼妓之人,也不是一個被娼妓誣陷之人,他變成像《荊釵記》中的王十朋一樣,是一個辭婚守義之人。而一開始王魁與桂英的相遇是以宿命之說藉一位算命先生使二人湊合在一起,桂英原本出自名家,奈何父母雙亡,乃賣身葬父,不幸淪落煙花。二人成婚後,王魁即將赴京應試,此時鴇母謝媽媽嫌棄王魁,逼桂英改嫁有錢的金壘,桂英不肯。王魁上京前,與桂英前往海神廟盟誓,言彼此永不相負。之後王魁高中狀元,宰相韓琦欲將其女許配王魁,但王魁以家有糟糠拒絕。韓相並未因此惱怒,反讚王魁不棄糟糠之德。王魁修書託人帶回萊陽,請桂英前來相會。然書信卻在半途被金壘掉包,換成一紙休書。桂英收到休書怒不可遏,前往海神廟訴冤,又因海神託夢:須待陽壽終時,方能爲她折證,最後桂英以香羅帕自盡於廟內。家人尋到桂英屍首,將其暫置空屋兩日。桂英之鬼魂則與鬼兵前去捉拿王魁,來至海神面前,說明原委,方知係因金壘換書所造成的誤會,眞相大白,王魁、桂英二人也各自還魂回生。原本故事至此應可結束,但後面又增加了西夏攻打徐州,王魁與種諤用兵退敵、捉拿金壘、迎接桂英等一些枝節。如果先不管後面的枝節,將主要情節以圖表示如下:

圖3-1:《焚香記》主要情節發展圖

　　王魁落第——與桂英成婚——兩人相愛,但金壘也想要得到桂英——次年赴舉前雙雙盟誓,永矢忠貞——王魁一去,杳無音訊——媽媽逼桂英改嫁金壘失敗——王魁中舉——丞相約親不成——王魁修書寄回萊陽,邀桂英前來——書信在途中被金壘改換成一封休書——桂英收到休書,自盡身亡——桂英鬼魂前去捉拿王魁——王魁、桂英在海神面前對證,眞相大白——各自還魂,桂英死而復生

　　將圖3-1與圖3-2(頁55)比較,發現雖然只是加入了一個第三者——金壘,卻使得故事幾乎完全改變。而原本的反面人物——王魁,在此也變成一個正面的形象,轉而讓金壘去扮演反面人物。之所以會形成這個事件完

全是因爲小人（金壘）從中做梗的緣故，劇中王魁並無負心的行爲。桂英自
盡在於信假爲眞，倒死得冤枉了，因此不得不再讓她起死回生。

五、馬守貞《三生傳玉簪記》

　　《三生傳玉簪記》今已不傳，《月露音》卷四收《三生記·歌舞》一齣，
內容與《群音類選》中所收馬湘蘭《三生傳玉簪記》之〈學習歌舞〉一模一
樣，《群音類選》所收另一折爲〈玉簪贈別〉，由殘曲中很難看出其故事內容，
不過由於《群音類選》卷十八所錄之兩折，曾於其題名下注明：「此係馬湘蘭
編王魁故事，與潘必正《玉簪》不同。」由此可知：馬湘蘭編有一本王魁故
事的傳奇，名叫《三生傳玉簪記》或簡稱《三生記》。又祁彪佳《遠山堂曲品》
載：「《茶舡》：《三生記》所傳蘇小卿，是馮魁負雙生者，此則反是。」配合
呂天成《曲品補遺》之說：

> 馬湘蘭所著傳奇一本，《三生記》：始則王魁負桂英，次則蘇卿負馮
> 魁，三而陳魁彭妓，各以義節自守，卒相配合，情債始償。但以三
> 世轉折，不及《焚香》之暢發耳。馬姬未必能填詞，乃所私代筆者。
> 右中下品（《曲品校註》，頁390）。

故知《三生記》不只寫王魁故事，它是合雙卿故事和陳魁彭妓故事而成。

　　作者馬守眞是以上五部作品中唯一生卒年可考的作者，她生於明嘉靖二
十八年，卒於萬曆三十二年（1548～1604），江蘇金陵（今南京）名妓。太原
王稺登爲作傳。湘蘭性喜輕俠，名獨著，時時揮金以贈少年，精歌舞，工文
學，有詩二卷。（《古典戲曲存目彙考·卷十》，頁1094。）另《列朝詩集小傳·
閏集》有傳曰：

> 馬姬，名守貞，小字玄兒，又字月嬌，以善畫蘭，故湘蘭之名獨著。
> 姿首如常人，而神情開滌，濯濯如春柳早鶯，吐辭流盼，巧伺人意，
> 見之者無不人人自失也。所居在秦淮勝處，池館清疏，花石幽潔，
> 曲廊便房，迷不可出。教諸小鬟學梨園子弟，日供張燕客，羯鼓琵
> 琶聲，與金縷紅牙聲相間。性喜輕俠，時時揮金以贈少年，步搖條
> 脫，每在子錢家，弗顧也。常爲墨祠郎所窘，王先生伯穀脫其阨，
> 欲委身于王，王不可。萬曆甲辰秋，伯穀七十初度，湘蘭自金陵往，
> 置酒爲壽，燕飲累月，歌舞達旦，爲金閶數十年盛事。歸未幾而病，
> 燃燈禮佛，沐浴更衣，端坐而逝，年五十七矣。有詩二卷。萬曆辛

卯，伯穀爲其序曰：⋯⋯。湘蘭歿，伯穀爲作傳，賦挽詩十二絕句。
至今詞客過舊院者，皆爲詩吊之。（頁 765～766）

馬湘蘭《三生傳玉簪記》今亦不存，從其題名及呂天成《曲品》言此「合雙卿而成」，猜測其內容應是包括三世的姻緣，其中有王魁桂英事，有雙漸蘇卿事，但如何安排則不得而知。今《月露音》和《群音類選》均存〈學習歌舞〉一折，內容純爲歌舞，看不出劇情，另《南詞新譜・卷六》存【少年游】一曲，也看不出劇情，僅知這些曲是由旦角所唱，她在劇中的身份屬於青樓賣笑女子，且多才多藝，爲個中翹楚。以行當看，旦應當在劇中即扮桂英或蘇小卿。

以上所述的五部表現王魁故事的戲曲作品中，除《三生傳玉簪記》內容不詳外，至少有四部都是寫王魁不負心的改編劇。接下來再看明代筆記小說中的王魁故事有何變化？

第三節　筆記、話本中的王魁故事綜述

一、幾定於一的內容

明代載王魁故事之筆記小說至少有四種：
（一）王世貞《艷異編・卷三十・妓女部・王魁》
（二）馮夢龍《情史類略・卷十六・情報類》
（三）梅鼎祚《青泥蓮花記・卷五・桂英》
（四）《摭遺新說》（《永樂大典・卷一萬三千一百三十九・夢人跨龍》
　　　下引）

不過，若是逐一對比宋代至清代之筆記小說，其間在王魁故事敘述要點上的異同做一整理（參見本章末頁 61 表 3－4：筆記、話本中王魁故事差異表），之後再將表中各本的差異內容予以綜合，撇開文字上的訛誤不論，茲可依照各作品在文字敘述上的差異程度，以故事版本的角度，將這十三部筆記、通志或話本小說類的作品歸納爲以下七類：

甲類：
1、宋・張師正《括異志・卷三・王廷評》
2、清・岳濬修、杜詔纂《山東通志・卷三十六・萊州府》引《宋史》
說明：《山東通志》所載係與《括異志》屬同一系統，只在小處略顯差

異，大致上仍可看出《山東通志》因襲《括異志》之跡。

乙類：

宋・周密《齊東野語・王魁傳》

說明：《齊東野語》敘述方式較特別，以當世人親身見聞的記錄方式寫
　　　作，有獨特的觀點和立場，與直接敘述故事之作品明顯不同。

丙類：

宋・李獻民《雲齋廣錄・卷六・麗情新說下・王魁歌并引》

說明：《雲齋廣錄》由於其體例較獨特，全文為七言體所構成，形式上
　　　與其他作品有別，故可自成一類。

丁類：

1、宋・張邦幾《侍兒小名錄拾遺》引《摭遺》「王魁遇桂英」條
2、宋・曾慥《類說・卷三十四》引《摭遺・王魁傳》
3、元・柳貫《王魁傳》（見《圖書集成・閨媛典・卷三百六十二》。）
4、明・王世貞《艷異編・卷三十・妓女部・王魁》
5、明・梅鼎祚《青泥蓮花記・卷五・桂英》
6、明・馮夢龍《情史類略・卷十六情報類》

說明：《類說》、《侍兒小名錄拾遺》、《青泥蓮花記》、《情史》、《艷異
　　　編》、《古今圖書集成・閨媛典》所收柳貫《王魁傳》，這六種因其
　　　敘述方式，甚至敘述文字皆大同小異，故基本上可歸屬為同一系統。

戊類：

宋・羅燁《醉翁談錄・辛集・卷二・負約類・王魁負約桂英死報》

說明：《醉翁談錄》係話本，其敘述體例較筆記自由，彈性也較大，但
　　　仍採文言體。

己類：

《摭遺新說》（《永樂大典・卷一萬三千一百三十九・夢人跨龍》下引）

說明：《永樂大典》所引《摭遺新說》，由於此係截取《摭遺新說》的部
　　　分段落，今為他本所無，故獨立為一類。

庚類：

清・《最娛情》第三集上欄古今小說《王魁》〔註12〕

〔註12〕此書今存殘本，劉世德等所編《古本小說叢刊・第二六輯・第四冊》影印收

說明：《最娛情》為清初刻本，為方便起見，在此一併敘述。此亦為話本類，行文採白話體，與《醉翁談錄》有別，內容上也比較特別，經過不少增添，故別為一類。

以上這七類，除故事未成型前的甲、乙兩類，和只截取部分故事內容的己類外，其餘諸本均是完整故事。不過，丙、丁、戊、庚等類之作品，在情節內容上的差異不大，對於王魁故事的情節敘述，可說相當一致，今以圖表示如下：（見圖 3－2）

圖 3－2：筆記、話本中王魁故事情節發展圖：

王魁遊萊陽——與桂英相識——兩人情投意合——次年赴舉前雙雙盟誓，永矢忠貞——王魁中舉後，杳無音訊——桂英聞知王魁高中，遣僕持書前往——王魁見來人，大怒，叱書不受——桂英得悉王魁負心，憤而揮刀自刎——桂英鬼魂前去向王魁索命——王魁發狂而死。

由本章末頁 61 表 3－4 中也可以看出：明代這些作品，除《摭遺新說》外，大致上與《類說》如出一轍，它們彼此間的差異並不在於故事的情節發展，而是在於若干細微的文字差異。和前面所敘之明代王魁戲相比，筆記小說的發展顯然與戲曲極不相同。筆記小說中的王魁故事在故事成型後即大致趨於穩定，仍繼續保持著宋元時的風貌，甚至是直接搬引前人之說，幾乎可說沒有任何改動，有的甚至幾近抄襲之作。然而在話本或戲曲中的王魁故事則變化較多，變化最大的當然是明代的改編劇，可以說把原本負心的王魁故事改換了新面目，予以重新的詮釋。由此也可發現：戲曲與筆記小說之流傳各有其系統，二者在王魁故事明代發展史上可說是已經分道揚鑣了。

二、《摭遺新說》

由於筆記小說中的記載少有變化，以致於無法由其中看出細微的情節變

入。胡士瑩《話本小說概論》，頁 318，及路工《訪書見聞錄》，頁 199～203，均有載錄。此書稍早之時曾被路工、胡士瑩等視為明萬曆末刊本。路工之說見〈古本小說新見·王魁〉，收入氏著《訪書見聞錄》。胡士瑩之說見其《話本小說概論·第十章》後〔附錄：宋元話本鉤沈〕。後來據《中國通俗小說總目提要》和《中國古代小說百科全書》「最娛情」條目所記，始知此書有順治丁亥來風館主人序，故應當為清·順治年間刻本。

化，雖然這類材料很多，但幾乎都如出一轍。明代較值得注意的小說類作品，係從《永樂大典》卷一萬三千一百三十九「夢人跨龍」條目中所引之部分《摭遺新說》，其內容如下：

> 王桂英既遇王魁也，歲月既久，情好益篤，桂嘗語魁曰：「妾未遇君前一夕得夢，夢有人跨一龍縺高數丈，仰望跨龍者，狀貌甚大，跨龍者執一鞭，鞭絲拂地，傍觀者皆曰：『此神仙人也。』少頃龍驤首欲上，我即執其鞭絲，陞未數丈，鞭絲中斷，而我墮地，仰望龍已不見，而微見其尾，忽然雷雨大作，望見一處有林木，欲休於其下，至則有一人亦欲避雨。顧其木曰：『此白楊木不可止。』其人遂去。妾則竟避其下，雨勢甚急而妾獨不濡。不久睡覺，竟思恐非吉兆也。洎此日見君狀貌，乃夢中跨龍者也。乃自解曰：鞭斷而我墮，君當升騰而去，妾不得同處矣。妾不識白楊木何物也？常詢人，皆曰：人塋墓間多有此木。吁！妾不久其死乎？雨澤潤萬物而我不濡，是知非善夢也。」魁曰：「夢何足遽信，但無慮非久復相會。」於是執手大慟，移刻魁上馬，桂祝之：「得失早還，無負約也。」魁遂行。
> （《永樂大典·七十一冊·卷一萬三千一百三十九·夢人跨龍》下引《摭遺新說》）

這段文字可說完全未見於其他王魁故事的記載中，唯《雲齋廣錄》的《王魁歌》中嘗云：

> 臨行更祝東歸早，後會夤緣恐難保。曾占異夢定非祥。從君未必能偕老。良人乍聞疑且驚，□非木石安無情？誓言皎日神所監，況我與子非要盟。

其中桂英亦曾有不祥之夢，恰與《摭遺新說》相合，不過《王魁歌》僅是點到為止，而《摭遺新說》卻做了大段的舖敘，描寫更細膩詳盡。又如其中言及桂英夢見她在白楊木下避雨，雨勢雖急但她卻未淋溼，之後她問人方知白楊木係人塋墓間常種之木，又想「雨澤潤萬物而我不濡，是知非善夢也。」這個夢其實是個預言，它預示了故事下一步可能發生的高潮，可見這裡已不再只是單純的說故事了，而是一段經過構思所創造出來的情節，是顧慮到日後故事的發展所作的伏筆，以便前後呼應。〔註 13〕雖然《摭遺新說》中所描

〔註 13〕關於「故事」與「情節」的不同，佛斯特（E.M.Forster）曾說：「故事可以是情節的基礎，但情節則是一種較高級的結合體。」（《小說面面觀》，頁 25）同

述的只是王魁故事的片段，但由此卻發現：這一段文字很顯然是經過了人爲的安排，而且作者是在知道故事日後將會如何發展下去的前提下，在此先給予預示。

因此，雖然《摭遺新說》今日只留下這樣一小段資料，但這已足以使人得知：王魁故事至少在明初時已不僅僅只具有一種固定的故事型態，它在同一時間已有不少創作者對此一故事進行了進一步地加工和改編。換言之，明初的王魁故事發展已經相當成熟了。

綜合言之，筆記體（如上述丁類）的王魁故事變化最少，而話本小說體（如上述戊、己、庚類）則變化彈性較大，也比筆記體來得生動有趣。然而不論是筆記或話本中的王魁故事基本上都是相當接近的，不外乎是以《摭遺‧王魁傳》爲本，而其故事發展也大致至宋元以後即已停頓。反觀戲曲作品中的王魁故事卻不然，尤其是明代大量改編劇的出現，在筆記或話本中卻未見絲毫跡象，這似乎隱約透露著：戲曲與筆記、話本至此便各自有其不同的流傳系統。由於話本流傳至今的數量較少，而且其性質仍有些模糊，〔註14〕姑且不論。以文字記錄供人閱讀的筆記和以歌舞曲白搬演故事的戲曲，二者在性質上顯然是有相當大的差異。試看筆記中的王魁故事幾乎千篇一律，但在戲曲中的王魁故事卻顯得變化多端，顯見二者至明代即已分道揚鑣，沒有交集了。

三、其他提及王魁故事之作品

最後再來看在具體表現王魁故事的文本之外，當時人對王魁故事又是怎樣的印象？首先，在明人陳大聲（約明成化、正德時人）散曲【醉羅歌】「題情」一曲中，王魁也是一個不被信任的對象，他說：

> 冷落冷落秋千架，謝卻謝卻海棠花。游子經年阻天涯，爻變了龜兒卦。相如薄倖，也不似他；王魁短命，也不似他。山盟海誓全不怕。

時他又認爲「故事只能引起好奇心；了解情節卻必須智慧與記憶力。安排情節就是把故事化爲情節之過程，也就是把連續組合的事件變成有因有果的佈局。」（顏元叔編《西洋文學辭典》，頁581）而顏元叔主編之《西洋文學辭典》中對於「故事」和「情節」的區分也有所補充，他說：「情節並非事件的自然推展，而是人爲的安排。」（頁582）

〔註14〕話本的性質最初是說話人用的底本，是用來說給聽眾聽的。然而到了後來話本經寫定後大量刊行，像三言、二拍這樣，其性質就轉變成是供人閱讀的。

臨行話，都是假，此時驕馬繫誰家？（《陳鐸散曲》，頁34）

又如明人張鳴蔭【雙調・水仙子】富樂：

臨川縣雙漸戀蘇卿，海神廟王魁負桂英，一箇慘磕磕血染了裙刀柄，著昏時忍會疼，禁不的販茶客拘束殺娉婷，死不死捱著疾病，活不活存下性命，知不知自有神明。（《詞林摘艷・上》，頁96）

此處對王魁的認識似乎仍是來自於元雜劇《王魁負桂英》中的形象。

其次，在明傳奇中，徐復祚《紅梨記》的劇中人口中仍然稱王魁為「浪子」：

（老旦唱）他恨好事無端蹉，好一似天畔黃姑望斷銀河。多磨，他一句句怨著孤辰難躲，料不是王魁浪子，尾生魔漢，宋玉伴哥。」

（第十七齣〈潛窺〉【山麻稭】，《六十種曲》本）

即使在明代閩南地區的曲文中王魁仍不脫其負心形象，例如龍彼得輯《明刊閩南戲曲弦管選本三種》其中明萬曆間刊行的《精選時尚新錦曲摘隊》（目錄題《集芳居主人精選新曲鈺妍麗錦》）一書中即有以下兩例：

例一：光陰如箭走，刈吊人易老。全伊去……願君勿學王魁負了桂英刈喉，到許時力□舊恨放水流。（十三葉：【雙】）

例二：仔細想伊，不學魏吳起王魁行止，障忘恩負義。……（十五葉：【相思引】）

可見：雖然明代文人創作的王魁戲多為王魁翻案，但王魁故事在民間流行已久，其負心形象早已根深蒂固在人們心目中，即使有那麼多翻案劇，也難以挽回了。

表3－3：各曲集、曲譜收錄王魁戲散齣一覽表

編號	曲集、曲譜名目	收錄齣目	內容	備註
一	珊珊集・卷之四・信集	接書	即《焚香記・搆禍》	少【玉樓春】、【北小桃紅】、【玉交枝】等三支曲牌
		陽告	即《焚香記・陳情》	多【上小樓】、【快活三】
		勾拿	即《焚香記・折證》	少【遶地遊】
二	詞林逸響・雪集	陽告	即《焚香記・陳情》	多【上小樓】、【么篇】、【快活三】等三支曲牌
		陰告	即《焚香記・明冤》	
三	怡春錦・御卷（又名纏頭百練・二集）	陽告	即《焚香記・陳情》	多【上小樓】等三支曲牌
		見書	即《焚香記・搆禍》	
四	歌林拾翠・一集	王魁入贅	即《焚香記・允諧》	附圖
		夫妻盟誓	即《焚香記・明誓》	
		官媒說親	即《焚香記・辭婚》	
		桂英堅志	即《焚香記・搆禍》	
		陽告陳情	即《焚香記・陳情》	
		陰告明冤	即《焚香記・明冤》	
		捉魁折證	即《焚香記・折證》	
		對詞辯非	即《焚香記・辯非》	
五	萬壑清音（全名《新鐫出像點板北調萬壑清音》）・卷之五	金石不渝	即《焚香記・搆禍》	
		訴神自縊	即《焚香記・陳情》	
		陰訴拘夫	即《焚香記・明冤》	
		決策禦敵	即《焚香記・傳箋》	
六	玄雪譜・卷二	捉拿	即《焚香記・折證》	附圖，極盛時代萬曆前後，後有批。繡像精美。
七	醉怡情・卷五	陽告	即《焚香記・陳情》	一、敘作殷 二、與點校本《焚香記》最接近 三、陽告少四句下場詩
		陰告	即《焚香記・明冤》	
八	（青崑合選）樂府歌舞臺・風集	折證	即《焚香記・折證》	【小梁州】後多接【梁州序】
		回生	即《焚香記・辯非》	
		桂英陽告	即《焚香記・陳情》	
		桂英陰告	即《焚香記・明冤》	
		活捉王魁	即《焚香記・折證》	
		王魁對問	即《焚香記・辯非》	

九	綴白裘・初集・卷三	陽告	即《焚香記・陳情》	接近《納書楹曲譜》;同樣多出【上小樓】、【么篇】,缺【快活三】
十	納書楹曲譜・續集・卷三	陽告	即《焚香記・陳情》	無賓白科介,陽告【叨叨令】前有【脫布衫帶叨叨令】;【小梁州】有分【么篇】;多【上小樓】等三支曲子;同《六也曲譜》一樣,至【朝天子】結束。
		陰告	即《焚香記・明冤》	
十一	集成曲譜・玉集・卷四	勾證 回生	即《焚香記・折證》 即《焚香記・明冤》	
十二	六也曲譜	陽告	即《焚香記・陳情》	一、【滿庭芳】後多【上小樓】、【么篇】、【快活三】三支曲牌 二、少【步步嬌】謝德福與謝媽媽上場的部分
		陰告	即《焚香記・明冤》	三、「斂」寫作「殮」 四、有賓白科介
十三	群音類選・北腔類	老鴇訓女 鴇怨王魁 王魁訴神	《桂英誣王魁海神記》	
十四	月露音・卷之四・樂集	歌舞	《三生傳玉簪記》	

表3－4：筆記、話本中王魁故事差異表

內容	構成元素	文 本 省 稱												
		括	雲	侍	類	齊	醉	柳	永	艷	青	合	情	山
一 王魁身分	1 王魁		+	+	+	+	+	+	+	+	+	+	+	
	2 王俊民	+				+								+
	3 王廷評	+												+
	4 萊州人	+												
	5 嘉祐六年進士	+	+			+								+
	6 授徐州僉判	+		+	+	+	+	+		+	+	+	+	+
二 桂英身分	1 未言姓名	+				+								+
	2 只言桂英		+	+	+			+		+	+			
	3 姓斂											+	+	
	4 姓謝													
	5 姓王						+		+					
	6 世本良家						+							
三 王魁發狂狀	1 對石碑呼叫不已					+								
	2 言門外舉人喧噪	+				+								
	3 言有人持檄逮我	+												
	4 以刀自刺	+			+	+	+	+		+	+	+	+	+
四 王魁死因測猜	1 為女屬所困	+												+
	2 家有井竈婢	+												+
	3 五十年打殺謝吳劉不結案事					+								
五 王魁與桂英相遇	1 下第			+	+	+	+			+	+	+	+	
	2 入山東萊州		+	+	+	+	+			+	+	+	+	
	3 友人招遊北市		+		+	+	+			+	+	+	+	
	4 有婦絕艷		+		+	+	+			+	+	+	+	
	5 桂英酌酒於魁				+	+	+			+	+	+	+	
六 用字差異一	1 前春登第之兆				+									
	2 明春登第之兆								+	+	+		+	
	3 來春登第之兆						+							

內容	構成元素	文本省稱												
		括	雲	侍	類	齊	醉	柳	永	艷	青	合	情	山
用差字差異二	1 南郡試院				+									
	2 南都試院			+				+		+	+		+	
七王魁約親對象	1 未明言約親對象	+												
	2 約崔氏為親			+	+		+			+	+	+	+	
	3 約任氏為親							+						
八詩句	甲「謝氏筵中聞雅唱」						+	+		+	+	+	+	
	乙「靈沼文禽皆有匹」						+				+			
	丙「琢月磨雲輸我輩」						+	+		+	+	+	+	
	丁「夫貴婦榮千古事」						+	+		+	+	+	+	
	戊「上都梳洗逐時宜」						+	+		+	+	+	+	
	己「陌上笙歌錦繡鄉」						+	+		+	+	+	+	
	庚「人來報喜敲門急」						+				+			
九重要情節	1 海神廟盟誓			+	+		+	+		+	+		+	
	2 遂訂為夫婦							+						
	3 魁大怨，叱書不受		+	+	+		+	+		+	+	+	+	
	4 桂英自殺	+	+	+	+		+	+		+	+	+	+	+
十作醮道士	1 馬守素						+	+		+	+	+	+	
	2 高守素				+									
	3 梁宗朴	+												
	4 未明言道士姓名					+								
十一其他	1 兩人以髮相繫			+	+		+	+		+	+	+	+	
	2 道士替王魁求情											+		
	3 桂英騎馬持劍						+							

第四章　近代王魁故事的改編與流傳系統

第一節　近代 [註1] 王魁故事的發展

一、近代王魁故事發展的特色

　　近代王魁故事發展的第一個特色是：表現方式趨於多樣化。由表 1－1（頁 14）中可以看出：除了各地方劇種外，王魁故事還透過說唱、電影、小說、電視等各式各樣的形式來呈現。不過其中較有成就者，還是戲曲。雖然近代以王魁故事為題材的作品很多，在表現方式上可能呈現給觀眾不同的耳目之娛，但除少數作品外，大體而言，近代大多數取材於王魁故事之作品對於其故事架構並未做太大的更動。以戲曲而言，正如鄭運佳所言，雖然演出劇種繁多，但「總覺無甚差別」（《中國川劇通史，頁 357》）。換言之，其演出之故事內容大體上是相同或相近的。

　　近代王魁故事發展上的第二個特色是：近代王魁故事多已改回宋元時的負心結局，拋棄了明代翻案劇的團圓結局。從宋元時的負心結局經過明代的翻案，到近代又回到負心結局。這樣的一個發展過程有其時代背景因素存在，多位學者已曾述及。 [註2] 簡言之，其原因主要有以下兩點：

　　一、政治局勢與社會狀況：宋元時社會地位驟然提升的機會較多，社會

〔註 1〕　本文所言近代，係泛指清康熙以後至目前為止。
〔註 2〕　見邵曾棋〈宋元戲曲小說中的負心型故事及其後來〉，收入趙景深編《中國古典小說戲曲論集》，上海古籍出版社，1985 年，頁 127～135。俞為民〈宋元婚變戲與明代的翻案戲〉，收入氏著《宋元南戲考論》（臺北：臺灣商務印書館，1994 年）。

風氣敗壞，一旦得志，便容易「富易交、貴易妻」。明代時，社會狀況穩定，貧富界限森嚴，道德興論譴責。另一方面，作品反映現實，明代翻案劇發出好人遭誣陷的感慨，這可能也是當時社會現象的另一種反映。到了近代，由於社會開放，女性地位提高，具有自主意識，因此對男子負心行為的譴責較以往更為強烈。

　　二、作家的身分背景：宋元戲曲的作多為社會地位不高的民間文人，在作品中也多反映社會現實並表現出民間思想。明代時，戲曲作家不乏官僚士大夫，要求戲曲為教化而作，因而多美化故事中的主角。近代作家不論其背景為何，創作目的多從作品本身思想的一貫性出發。另一方面，王魁故事在明代雖有翻案劇，但在民間流行的故事仍是以負心結局為主，這同時也是王魁故事的主要情節與特色，因而儘管有人翻案，但卻不容易打破大眾對王魁負心故事的既定印象。

二、近代王魁戲發展簡述

　　由於近代以王魁故事為題材的作品種類繁多，各地方劇種、偶戲、皮影戲、說唱曲藝或電視、電影中均有王魁故事的劇目，在此無法一一介紹，因此只能就其中較具影響力和較有成就的戲曲一類來故論述；其次，本文也不打算逐一討論各戲曲劇本，而是以王魁故事的發展為主，著重於故事情節發展上的變化，企圖說明：這些作品所敘述的王魁故事與之前的王魁故事有何不同？

　　在近代王魁故事的發展上，川劇《情探》無疑是一部影響深遠的作品。此劇為四川才子趙熙所編，但其影響卻早已超出了四川地區，滲透到各個地方劇種裡，如田漢 1944 年改編成二十七場京劇，亦命名為《情探》，〔註3〕而

〔註 3〕　田漢《情探》是以《焚香記》為本，參考川劇趙熙《情探》而改編的。《田漢文集》第九卷說明中言：「《情探》（二十七場京劇），據《焚香記》改編，1944年作于昆明。1945年底由四維劇校首演于曲靖。1951年由中華書局出單行本，刊入《人民戲劇叢書》。」附錄收田漢〈關于《情探》〉一文，言：「元曲有王魁負桂英劇，明有《焚香記》傳奇，頗替王魁辯護，謂皆金壘播弄所致，後與桂英團圓。地方劇有《活捉王魁》川劇，經名手改作，題為《情探》，緊湊雅馴，寫桂英悲憤自縊死，海神爺判辛帶桂英魂往捉魁，判辛將入，桂英止之，謂且探其尚有若干情意，及求作妾婢不許，乃捉魁見海神罰魁，作女受報。查王俊民係嘉佑六年進士，（仁宗時）年廿七以狂疾死，時人有《王魁傳》。本劇根據當時歷史背景，去其神話色彩，使成一較有社會意義之人情劇，觀者幸垂教焉。」此文原載於 1946 年 8 月 29 日，北平《新民報・天橋》（《田

後他又與安娥女士再作修改刪減，成爲越劇《情探》所本，〔註4〕之後其他劇種（如晉劇等）亦相繼採用。近代王魁故事的發展，大致是不離「王魁負心」此一主題，從而加強人物性格的塑造，如強調王忠的忠義、桂英的深情與王魁矛盾的心理等。

　　本節的討論以故事的情節轉變爲主，故儘量採用有完整故事結構的全本戲，而暫不討論折子戲。〔註5〕所討論的劇目及其劇本（寫定本）來源有限，參見本章末所附表4－5：全本王魁戲劇本資料來源表。

　　在確定了文本範圍之後，接著不妨先來看看各劇的齣目內容：（見表4－1）

表4－1：王魁戲齣目一覽表

劇　目　名　稱	齣　　目
一、王玉峰《焚香記》	四十齣（參見論文末附錄三）
二、川劇《紅鸞配》	拆書逼嫁、陽告陰告
三、趙　熙《情　探》〔註6〕	誓別、勸休、牒告、情探。另外：《當前臺灣所見各省戲曲選集》上冊收入「別家盟誓、進京趕考、分場、中元議婚、休焦下書、相府招贅、逼焦改嫁、陽告海神、陰告酆都、情探活捉、索命上路、對簿陰曲（十二場）」

〔註4〕　漢年譜》，頁381），後收入《田漢文集·卷九》（北京：中國戲劇出版社出版，1983年），頁545。

〔註4〕　由上海越劇院1980年演出之《情探》實況，內附歌詞中有1989年9月傅駿前言，他說：「越劇《情探》爲當代戲劇家田漢和夫人安娥所編寫。解放初期，田漢先寫成京劇本，應傅全香之請，由安娥改編爲越劇。初稿受當時代意識局限，淨化舞台，不出現鬼魂的形象。1956年安娥重改，認爲敫桂英鬼魂與《梁祝》化蝶、《孔崔東南飛》化鳥，都是人民群眾美好理想的寄托和善良願望的體現。改本增加〈陽告〉、〈陰告〉等場次，出現鬼魂形象，使全劇戲見多采，內涵更深。1957年後，《情探》又經田漢加工，新寫《行路》一場，其中大段唱詞，借景抒情，傾訴敫桂英一腔怨恨，成爲全劇最精采的片段。」這裡說明了越劇《情探》的劇本編寫過程，幾經修改，大抵上至1957年方告完成。

〔註5〕　如：蒲劇、晉劇、徽劇中均有〈打神告廟〉一折，可能都是根據田漢、安娥的編劇所來。

〔註6〕　川劇中王魁戲的淵源久遠，《紅鸞配》爲川劇連台目連戲的穿插，只有兩折，標目爲〈拆書逼嫁〉、〈陽告陰告〉（見鍾鑫〈名通質變，創意造言——川劇中王魁戲壇變的描述〉，《戲曲藝術》1989第1期，頁93。）。一說《紅鸞配》（習稱《老活捉》），分〈誓別〉、〈拆書〉、〈逼嫁〉、〈陽告〉、〈活捉〉等折（胡少權口述、蕭士雄整理，〈趙熙寫作《情探》始末〉，《川劇藝術》，1985年第2期，頁36～39）。

四、田　漢《情　探》	二十七場，無標目。
五、李　准《活捉王魁》	母女共商、佳耦天成、贈金赴試、設誓泣別、考試掄元、狀元相府招親、負義休妻、得書氣憤、訴神自縊、冥中訴冤、活捉王魁、冥判報應（十三場）
六、越劇《情　探》	廟遇、伴讀、離別、說媒、陽告、行路、情探（七場）
七、周慕蓮本《焚香記》	誓別、入贅、修書、逼焦、打神、情探（六場）〔註7〕
八、席明眞本《焚香記》	救王、副考、誓別、觀榜、遊街、入贅、休書、接書、打神、驚變（十場）
九、呂　仲《義責王魁》	小型京劇，不分場。
十、俞大綱《王魁負桂英》	序曲（大鼓書）、寄書、訣院、淒控、辭主、冥路、情探（六場）
十一、鄒憶青《沉海記》	畫緣、結縭、誓別、義責、驚變、告廟、沉海、情探（八場）
十二、李玉茹《青絲恨》	逼試、絕情、告廟、噩夢（四場）
十三、朱　禧《新編焚香記》	救魁（序幕）、送別、思念、打神、憤告、行路、活捉（六場）
十四、梨園戲《王　魁》	介紹、桂英割、上路、上廟、捉王魁、對理（六折）
十五、丁振遠《焚香怨》	路遇、擇夫、焚香、修書、聞訊、冥判、尋仇（七場）
十六、豫劇《情斷狀元樓》	九場，無標目。

　　由上表中可以看出〈情探〉一折爲眾多改編本所採用。主要被田漢所編京劇、越劇《情探》和俞大綱的《王魁負桂英》所吸收，周慕蓮改編本也保留此一傳統。其它劇本雖無「情探」之名而實際仍受川劇《情探》影響者，尚有：《青絲恨》、丁振遠《焚香怨》、朱禧《新編焚香記》、《義責王魁》，可見趙熙《情探》影響之廣。關於趙熙《情探》之內容及其改編事實，將於第五章述之。此先就王魁故事在近代的演變重點做一總結。

　　綜合言之，王魁故事在近代的演變大致上是以人物的創造爲主，有關人物塑造的詳細內容將於第五章述之。以下分別就王魁故事在近代變化的三項重點：人物的塑造、開場及結局的處理方式略做說明。

　　首先，在人物的塑造上，王魁故事中的人物形象在近代得到了更進一步

〔註 7〕 此劇本筆者未見，齣目轉引自許肇鼎〈王魁的故事和劇本〉（《四川大學學報》哲學社會科學版，1980 年第 2 期，頁 74～78），頁 78。

地塑造，例如：負心書生王魁、痴情女子桂英、嗜財如命的鴇母、陰險狡詐的金壘、義責王魁的僕人等這些人物雖然在明代的《焚香記》中即已有之，但在近代的王魁故事中有的予以性格強化，有的賦予其新的生命。以王魁心境的轉折而言，如《青絲恨》中王魁聽桂英說得淒滲，開始心軟，正要向前安慰桂英，看見身上官袍又連忙斷然硬起心腸。這一段即來源自趙熙《情探》。因此雖然《青絲恨》的結局作了改變，但仍可從其中看到它受《情探》影響的痕跡。又如《義責王魁》由於突顯王忠的性格，爲一小型京劇，演出時間較短，只取原來故事中的一段加以發揮，刪除了前後的故事情節，這樣的改編也很特別。以王忠之有情有義相對於王魁的無情無義，而這種表現手法其實是從田漢所編京劇《情探》第十四場後半段中被加以發揮出來的。將其重編之後，成爲一齣具有特色的劇目。

　　其次，在開場的處理上，由於近代地方戲的開場方式逐漸擺脫了以往的傳奇體製，逐發展出以「桂英救魁」爲開場的模式。例如丁振遠《焚香怨》結局雖然亦作了大幅度的修改，已無〈情探〉一折之跡。不過在第一場〈路遇〉的桂英救魁一段，恰是與越劇《情探》雷同的。朱禧《新編焚書記》的序幕也是以〈救魁〉開場，又如席明眞本《焚香記》以〈救王〉開場，凡此皆可看出它們受到越劇《情探》影響之跡。

　　最後，在結局的處理上，其發展則可說是相當多樣化。王安祈先生曾討論近代戲曲中川劇、皮黃、越劇、豫劇、晉劇、梨園戲、崑劇等各王魁戲的結局處理，從而歸納爲六種結局模式：（一）活捉、（二）情探（接活捉）、（三）驚變（代角）、（四）團圓（如明傳奇《焚香記》）、（五）活捉接對理（如梨園戲《王魁》）、（六）噩夢（如《青絲恨》）。（王安祈〈王魁戲幾種不同的結局〉）但不管是怎樣的結局，近代的王魁故事發展已不再像明傳奇《焚香記》那樣設法去擺脫王魁負心的形象，反而一律都回到宋元時代王魁負心的原本面目上，明代的翻案劇顯然已不再流行。邵曾棋也認爲：負心型故事在宋元時多爲悲劇式的結局，但到了明代則流行妥協團圓的結局，他並認爲這種現象是與當時的社會背景有關。〔註8〕不過這裡有待進一步澄清的是，負心與否和是否爲團圓結局二者間並無相應必然之關聯。負心與否主要是與男主角形象的好壞有關，而結局的安排是喜是悲則又是另一回事。在某些戲曲作品中即出現有男主角確實負心，但結局仍是大團圓的。例如在南戲《張協狀元》中，

―――――――――――――――――――

〔註8〕同本章註2，見邵曾棋〈宋元戲曲小說中的負心型故事及其後來〉。

張協完全是負心的形象，但是結局的安排卻是與貧女團圓。這樣的結局表面上看是喜劇收場，但實際上卻隱含著一種無奈的悲戚。近代王魁劇中的王魁仍是負心形象，而結局的安排也都讓王魁得到其應有的懲罰，稍有出入者是在：有無桂英鬼魂出現這一點上，如不讓桂英鬼魂出現，則必須改為驚變或噩夢的方式，以王魁之精神錯亂作結。

第二節　王魁故事的流傳系統

要找出各作品中王魁故事的傳承關係，情節與人物的安排自然是一條重要的線索，不過細微的用字差異和曲文的對比可說是更為直接、有力的證據。前者可說較接近版本批評的方法，針對的是一字一句的細微差異，而這些差異對故事本身並沒有很大的影響。後者則是由雷同的曲牌或曲文中找出彼此的關聯。以下先從對故事本身影響較小的版本差異開始。

一、版本差異

所謂版本差異指的是：故事在流傳過程中因為輾轉地傳誦所產生的訛變，但這些訛變多半是較細微的部分，對於故事本身的發展和人物性格並不構成任何影響者。茲舉以下三例說明之。

（一）桂英姓氏說法不一

桂英之名人人熟知，但她姓什麼卻有不同的說法，然而不論她的姓如何改變，似乎對王魁故事都不足以產生太大的影響。各流傳本中對桂英姓氏的說法歸納後，可得出以下六種：

A、連桂英之名也未提及者——《括異志》。

B、只言桂英者——《雲齋廣錄》、《侍兒小名錄》、《類說》、柳貫《王魁傳》、《艷異編》、《青泥蓮花記》。

C、姓王——話本《醉翁談錄》、《永樂大典》引《摭遺新說》、元・李文蔚《燕青搏魚》第三折【煞尾】。〔註9〕

D、姓謝——《青泥蓮花記》言元人詞作姓謝、明雜劇《香囊怨》提及、

〔註9〕李文蔚《燕青搏魚》第三折【煞尾】云：「怎知他欠本分，少至誠，忒淫濫蘇小卿，不值錢王桂英，拏住了姦夫你又殺不成，倒被他拖入囹牢死狗似撐。」（《元曲選》，頁242）。

〔註10〕梨園戲《王魁》。

E、姓敫——《最娛情》、明傳奇《焚香記》、川劇《紅鸞配》、田漢《情探》、京劇《括捉王魁》、呂仲《義責王魁》、李玉茹《青絲恨》、朱禧《新編焚香記》、丁振遠《焚香怨》。

F、姓焦——趙熙《情探》、俞大綱《王魁負桂英》。

由以上所列可知：王魁故事在尚未完全成型時，根本尚無桂英之名，可見這個故事最初的源頭其重心是放在男主角王魁身上的。當時故事中的女主角只知是一名鄉間娼妓，甚至連姓名也沒有。後來故事成型後，女主角便有了「桂英」之名，但這顯然只是一個虛構的女子名，而且戲曲小說中也有很多命名為「桂英」之女子，例如京劇《楊門女將》中的穆桂英、《寶蓮燈》中的王桂英以及《血手印》、《碧塵珠》中亦均有王桂英。〔註11〕可見「桂英」可能是宋元時一個普遍的女子名。在稍早的宋元筆記中，桂英還未被賦予姓名。但是到了宋末元初時，可能即有說話人首先說桂英姓「王」，後來也有說桂英姓「謝」的。姓王和姓謝的說法，在元明之際似乎是並行的，到了明傳奇《焚香記》以後就多流行姓「敫」之說，到了近代則被音近的「焦」姓所取代。由於在較早的筆記小說和話本之中未發現有言桂英姓「謝」者，故判斷桂英姓「王」之說應當較早，而姓「謝」之說則可能要到明代時才比較流行。之後又有姓「敫」之說，這可能是起於明傳奇《焚香記》，至今仍為大多數戲曲所採。《情史》和話本《最娛情》中的桂英也是姓「敫」，看來姓「敫」之說當流行於明代嘉靖、萬曆之時。如此一來，胡士瑩對《最娛情》時代的判斷就可能有誤了，〔註12〕如果以桂英姓氏來看，《最娛情》應不可能是宋元之作，保守估計的話應是明代中晚期之作。

總而言之，近代王魁戲中的桂英不是姓敫、便是姓焦，二字音近。姓「敫」

〔註10〕明‧朱有燉《香囊怨》雜劇第四折中曾言及桂英姓「謝」，其內容如下：
（外）：原來我女兒死的是也。俺這等人家怎知道正勾當？白婆婆，你說我女兒比謝桂英如何？（旦）：桂英有甚打緊不在話下。你聽我說【甜水令】說起那謝氏當年，先為迎送，多曾經變，偏怎生到王魁才肯把心專，便做是二十為娼，三十自盡也曾有十年姻眷。桂英死有甚希罕？他多管為五花封訴屈聲冤。」（收入陳萬鼐主編《全明雜劇》第三冊，台北：鼎文書局印行）
〔註11〕所列劇目內容可參見《京劇劇目辭典》各劇目條目。
〔註12〕胡士瑩《話本小說概論》一書第十章附錄中，將《最娛情》稱為明萬曆末年小說傳奇合刊本，並說：「看它的情節，與《醉翁談錄》所記大致相近，文字古樸簡潔，可能是宋人作品。」（頁318）

者多係承襲明傳奇《焚香記》的系統，姓「焦」則是趙熙《情探》所始。而姓「謝」和姓「王」看來是較早期的流傳，姓「謝」似流行於戲曲系統，而姓「王」則似流行於話本系統。

由以上姓氏的差異可看出其間流傳上的承襲關係，例如：俞大綱的《王魁負桂英》即很可能是根據趙熙《情探》而加以改編的。以下在述及曲文雷同時，將就其中殘留之原作曲文作為更有力的證據。而梨園戲《王魁》中桂英姓「謝」，這在近代王魁戲中可說是一個特例。但劉念茲《南戲新證》中言：謝、敘二字閩南同音。（頁 133，引南管曲「珠淚垂」文內）果真如此的話，謝、敘二姓之間也有可能是音近訛誤，特別是在閩方言中，故未必可依此斷定梨園戲《王魁》與明傳奇《焚香記》分屬不同的流傳系統。

再者，《青泥蓮花記》中所謂「元人詞作姓謝」，不知是否指的即是尚仲賢本的《海神廟王魁負桂英》？如果是的話，則可以在尚仲賢本和梨園戲、南戲三者間做出一大膽的假設，即：尚仲賢可能在擔任江浙省務舉時見過當地的南戲，後來尚仲賢將南戲中的《王魁》改編為北雜劇演出，即《海神廟王魁負桂英》，桂英姓謝。而梨園戲《王魁》中桂英也是姓謝，這可能是其遺存南戲的一點佐證。

（二）王魁中舉後娶親的對象

A、未明言約相對象——《括異志》、梨園戲《王魁》。

B、崔氏——《類說》、《侍兒小名錄拾遺》、《醉翁談錄》、《最娛情》及元明筆記小說。

C、韓丞相之女——明傳奇《焚香記》、《紅鸞配》、趙熙《情探》、俞大綱《王魁負桂英》、《青絲恨》、《義責王魁》、朱禧《新編焚香記》、丁振遠《焚香怨》。

D、程戢之女——田漢《情探》。

最早的王魁故事原本是說王魁中舉後不承認過去與娼妓的婚約，其中並未明言王魁後來的約親對象為何人，如張師正《括異志》僅言王魁「既登第為狀元，遂就媾他族」，然至《類說》以後的筆記小說，便多言「魁父約崔氏為親」。這顯然也是後人對故事予以合理化的結果。大家心想：王魁中了狀元，必然是與豪門大族結親，而崔氏在唐代是個大姓，這可能仍影響著人們的思考習慣，因此編造出王魁的約親對象為「崔氏」。

到了明傳奇《焚香記》時，雖然韓琦曾派媒人前去說親，但結果為王魁所拒，然而韓丞相不但一點也不惱怒，反而盛讚其德。這顯然是《焚香記》的作者王玉峰所刻意安排的。在傳承關係上，雖然可以看出明傳奇《焚香記》在後世王魁改編戲中所佔的主導地位，近代川劇、京劇、崑劇中的王魁戲幾乎都是根源於明傳奇《焚香記》而來，但是其劇情皆改為王魁確實娶了韓丞相之女。

至於田漢《情探》的安排則略有不同，先是韓老大人來提親但為王魁所拒，後來才變成娶的是程老丞相的千金，可見它仍是在明傳奇《焚香記》的基礎上改編的。在明傳奇《焚香記》的影響下，惟有梨園戲《王魁》是一特例，它完全不受明傳奇的影響，仍維持早期王魁故事的面貌，並未提及王魁中舉後有其他的約親對象。

（三）桂英自盡的方式

王魁故事中不論王魁之形象如何，桂英自盡一段情節是不可或缺的，但桂英採取何種方式自盡，卻有不同的說法，後來甚至讓桂英即使有自盡的行為，也不一定會死。關於桂英自盡的方式有如下幾種。

A、揮刃（刀）自刎——《雲齋廣錄》、各筆記小說本《王魁傳》、《最娛情》、《醉翁談錄》（取一剃刀，將喉一揮）、梨園戲（金刀割喉）。

B、裙刀——元雜劇《王魁負桂英》。

C、上吊——明傳奇《焚香記》、趙熙《情探》、越劇《情探》、田漢《情探》。

D、投海——《沉海記》、丁振遠《焚香怨》。

早期的王魁故事流行桂英以刀刃自盡，但到了明傳奇《焚香記》之後，大多數的王魁戲，都承襲著明傳奇《焚香記》中桂英以羅帕自盡的方式。明傳奇《焚香記》之所以改為香羅帶自盡，其理由恐怕有二：一、為了日後能使桂英再起死回生。二、在演出上，以羅帶自盡比揮刀自刎的方式文雅。此後的改編劇可能一來是因襲明傳奇的演出方式，二來是考台舞台演出效果是否優美，是否能被觀眾接受，因而仍維持著桂英以羅帕自盡的方式。但田漢所編京劇《情探》則別開生面，將海神廟安排在海邊，使桂英在得知王魁負心後，神魂顛倒，在海邊失落了弓鞋，後來其家人便是以此一弓鞋研判桂英可能投海自盡了。實際上，桂英在走到松林欲上吊自盡時，被俠士劉耿光所救，並協助桂英前去尋找王魁。之所以如此安排，可能是因為中國大陸在 50 年代的唯物主義思想，強

調鬼神之說純屬迷信，進而對於演出內容含有鬼魂之戲也有所禁止。〔註13〕這一段曲折的劇情到了稍後再做越劇改編時即遭刪除，不過卻因為有田漢這一構想，使得後來的改編劇（如：《沉海記》、《焚香怨》）有朝桂英投海自盡發展的可能。而梨園戲在此則保留了宋、元時王魁故事的原貌，依舊讓桂英「以金刀割喉」而死，顯見其與承襲自明傳奇一系的各改編劇大不相同。

　　總括來看，表4－5中所列的十五種王魁戲劇本中，除明傳奇《焚香記》與川劇《紅鸞配》因在川劇《情探》之前，故無法明顯看出它們受川劇《情探》的影響。除此之外，只有：梨園戲《王魁》是看不出有受到川劇《情探》的影響者，此為梨園戲《王魁》特殊之處。

二、曲文異同

（一）明傳奇《焚香記》到川劇《紅鸞配》

　　藉由曲文的比對可以明顯看出在趙熙《情探》之前的川劇《紅鸞配》與明傳奇《焚香記》兩本王魁戲間的密切關聯。《紅鸞配・陽告陰告》中許多曲牌、曲文皆與《焚香記》第二十六齣〈陳情〉大致相同，試舉【端正好】、【滾繡球】兩支曲牌為例：（參見表4－2）

表4－2：《紅鸞配・陽告陰告》與《焚香記・陳情》曲牌、曲文對照表

《焚香記・陳情》	《紅鸞配・陽告陰告》
【端正好】恨漫漫天無際，閃賺人無靠無依。我向那海神靈訴出從前誓，勾取那辜恩賊。	【端正好】恨漫漫蒼天無際，閃賺人無靠無依。好一似線斷風箏，折開連理，銀瓶墜□□菱花落地，誰憐我孤鴻天際。當初分別南浦地，海誓山盟永不離。春幃獨占掛荷衣，一旦將奴成拋

〔註13〕關於大陸上對於鬼魂戲的爭論始末，可參見〈沒有必要創作新時代的鬼戲——關於鬼戲問題的論爭〉，收入華迦、關德富《關於幾個戲曲理論問題的論爭》（北京：文化藝術出版社，1986年），頁56～76。其中引述了一段大陸1963年3月29日文化部關於停演鬼戲的報告，云：「事實證明，鬼戲演出，加深了人們的迷信觀念，助長了迷信活動，殘害了少年兒童的心靈，妨礙了群眾社會主義覺悟的提高。」雖然田漢創作《情探》一劇時，鬼魂戲的論爭尚未萌芽，但仍不免受到當時時代思潮的影響，避免封建迷信，之後也免不了受到鬼魂戲論爭的波及。

	棄。都只為那封殘書，怎受得無端凌逼。閃得奴進退無門，待向前海神廟裡。
【滾繡球】他困功名阻歸，寄萊陽淹滯，與奴家呵，水萍逢遂諧匹配。從結髮，幾年間似水如魚，我將心兒沒盡藏的傾，意兒也滿載的痴。誰想他暗藏著拖刀之計，一謎價口是心非。鐵錚錚道生同歡死同悲，到如今富且易交，貴可易妻。海神爺，你道他薄倖何如！	【滾繡球】他困功名阻歸，寄萊陽淹滯，與奴家萍水逢遂諧匹配。從結髮似水如魚。我將心兒裡，沒盡藏的痴情，意兒中，滿載的痴語，傾吐與伊。誰想他暗藏著拖刀之計，一謎價口是心非。他鐵錚錚說道，生同歡笑死同悲，到如今，富易交，貴易妻。呵呀大王爺呀，恁道他薄倖何如！

由表 4－2 所列的兩支曲牌內容可以明顯看出：《紅鸞配》只是將《焚香記》曲文以加滾的方式增加一些，但其原貌仍大致存在。除這兩支曲牌外，其他像：【叨叨令】、【滿庭芳】、【朝天子】等亦有類似的情況，茲不一一列舉。從曲牌一樣、曲文大致接近來看，川劇《紅鸞配》當是承襲明傳奇《焚香記》而來。只是《紅鸞配》的結局未依循《焚香記》之大團圓結局，而仍以桂英活捉王魁，王魁確實負心，並遭審判作結。也因此《紅鸞配》必須出現惡僕韓興此一角色，以便能將王魁負心之舉歸咎於韓興的慫恿，使王魁之性格不至於前後相差太大。此一獨特之處在趙熙《情探》中仍被保留著。

（二）川劇《紅鸞配》到趙熙《情探》

不過，川劇《紅鸞配》中也有一些曲文是原來明傳奇《焚香記》中所沒有的，如【月兒高】一曲，此曲後來在趙熙《情探》中仍保存著，可是已做了很大的變動。原來《紅鸞配》中【月兒高】一曲較長，其內容如下：

> 更闌盡月正光，王魁獨自歎家鄉。
>
> 想當初從寒窗，守業終身田舍郎。
>
> 榮華富貴人欽仰，攀丹折桂玉爐香。
>
> 憶昔日過萊陽，曾與桂英效駕鴦。
>
> 夫妻焚香把神仰，海神廟裡訴衷腸。
>
> ……（略）

而趙熙《情探》中的【月兒高】一曲卻很簡短：

> 更闌盡，夜色哀，月明如水浸樓臺，透出了淒風一派。

除了「更闌盡」三字仍保留外，餘皆不同。至於趙熙《情探》【月兒高】之後的曲牌與《紅鸞配》相較可說也是完全兩樣。（參見表4－3）

表4－3：《紅鸞配》與《情探》自【月兒高】以下之曲牌對照表

《紅鸞配》之曲牌	甲本趙熙《情探》曲牌	乙本《情探活捉》曲牌
王魁唱【月兒高】 桂英唱【朝天子】 王魁唱【普天樂】 桂英唱【東歐令】 王魁唱【劉潑帽】 桂英唱【馬如飛】 王魁唱【夜行船】 桂英唱【川撥掉】	王魁唱【月兒高】 桂英唱【水荷花頭子】 桂英唱王魁輪唱【園林好】	王魁唱【月兒高】 桂英唱【水荷好】 　　　　【園林好】 桂英唱【鎖南枝】
（甲本系《中國戲曲選‧下》、乙本係《當前臺灣所見各省戲曲選集‧上冊》）〔註14〕		

表4－3中列於《紅鸞配》【月兒高】以下之曲牌全為明傳奇《焚香記》中所無。此外，由表4－3也可以看出：趙熙《情探》於《紅鸞配》所做的更改相當大，除了【月兒高】此一曲牌尚存外，其餘皆與老本的《紅鸞配》不同。

（三）趙熙《情探》到京劇《活捉王魁》

趙熙《情探》據載原有四折，僅存一折流傳，但《情探》一折由於其改編得相當成功，使得其他劇種也紛紛加以吸收，甚至在曲文上都沒有改變，例如京劇李准的《活捉王魁》第十二場與趙熙《情探》的曲文幾乎可說是一模一樣。（參見表4－4）

表4－4：趙熙《情探》與李准《活捉王魁》部分曲文對照表

趙熙《情探》	李准《活捉王魁》第十二場活捉王魁
陰風颯颯，黑月無輝，相思血淚泪盈腮，到如今化為孽海。	陰風颯颯月無輝，相思血淚舊盈腮，到如今化為了冤孽海。
悲哀，你看他綠窗燈火照樓台。那還記得淒風苦雨，臥倒長街。	怎不令人痛傷悲，你看他，綠窗燈火照樓台。那還記得淒風苦雨，倒臥長街。

〔註14〕趙熙《情探》目前所見有兩種本子，其中《中國戲曲選‧下冊》只有〈情探〉一折，而《當前臺灣所見各省戲曲選集》上冊所錄似乎合川劇《紅鸞配》和《情探》為一本，確實的劇本來源不詳，但因其為全本故勉強採用之。

趙熙《情探》	李准《活捉王魁》第十二場活捉王魁
梨花落，杏花開，夢繞長安十二街，夜間和露立窗台，到曉來輾轉書齋外，	梨花落了杏花開，夢繞長安十二街，白日裡輾轉書窗外，夜間和露立蒼苔，
紙兒、墨兒、筆兒、硯兒呵！件件般般都似郎君在，淚灑空齋。只落得望穿秋水不見一書來。	紙兒墨兒筆兒硯兒件件都是郎君在，淚灑空齋只落得望穿秋水不見一書來。〔註15〕
你生時忠義死時哀，到而今香煙萬代，我郎君落拓青衫一秀才，要保他文章合派莫使他春愁如海。神靈兒鑒憐奴四禮八拜，果然是馬前呼道狀元來。	你生時忠義死時哀，到如今香煙萬代，我郎君落拓青衫一秀才，要保他文章合派神靈兒鑒憐我四禮八拜，果然是馬前呼道狀元來。

甚至其結尾也承襲了川劇目連系統王魁戲中冥判來生的一段，將王魁「發往桂英家中為女奴，一生不得收房，憔悴憂傷而死。」又發韓興「生生世世為狗」（李准《活捉王魁》第十三場〈冥判報應〉）後來又有段插科打諢，顯見李准《活捉王魁》一劇是由川劇改編而來。

（四）趙熙《情探》到俞大綱《王魁負桂英》

此外，俞大綱《王魁負桂英》第六場〈情探〉中也仍保留了一支趙熙《情探》的曲文：

（二黃原板）

　　自別君梨花落盡杏花開敗，夢繞長安十二街，

　　曉來輾轉書窗外，夜夜和露立蒼苔，

　　數不盡朝朝暮暮相思債，雙眉何曾一日開？

　　那紙兒墨兒筆兒硯兒件件般般如同君在，

　　只落得望穿秋水粉不到郎君的書信來。（俞大綱《王魁負桂英》第六

　　場〈情探〉）

除增減若干字外，大體上仍可看出其因襲趙熙《情探》曲文之跡。

　　由此可以得知：川劇《情探》確實在近代王魁戲的發展上扮演了極為重

〔註15〕《大戲考》亦收有花衫章遏雲〈活捉王魁〉片段，內容如下：

　　（二簧原板）梨花落了杏花開，夢繞長安十二街，白日裡輾轉書窗外，夜間
　　和露立窗台，紙兒墨兒筆兒硯兒件件都為郎君淚灑在空齋。只落得望穿秋水
　　不見你一書來。

　　（散板）郎君顯達真富貴，從前恩愛莫丟開，可憐我娘兒母女誰依賴，況且
　　我千山萬水一人來。（《大戲考》，頁153）

要的角色。進一步綜合之前的版本差異和第一節的發展簡述來看,明傳奇《焚香記》、趙熙《情探》可說是近代王魁戲改編本的基礎。由於其他改編本主要是在結局部份作變化,大致上仍未脫離這兩部作品的範圍,因此這兩部作品可以說在王魁故事的發展上,具有相當重要的影響力。

三、《焚香記》與元雜劇《海神廟王魁負桂英》的關係

最後想附帶一提的是:桂英自殺前至海神廟打神這段被視為高潮的情節,其實並非始於明傳奇《焚香記》,而是早在元雜劇《海神廟王魁負桂英》中即已有之。例如佚曲中的【胡十八】:

> 則為你便忒正直,著你做神祇,這的是他負了俺須不是俺虛脾。這
> 殿階前空立一統正直碑,我分付了這壁,我告訴那壁,你為甚將我
> 不應對?元來是這一堂兒都是箇塑來的泥!

對於神祇的控訴恰與《焚香記・陳情》頗為相似。而姚華《菉猗室曲話・卷二・焚香記》中亦云:

> 本傳第二十四〈搆禍〉一齣,【紫花兒】曲有云:「喜字兒(又作字老)幾番搭救」字兒是元雜劇中語,當是借用舊本,由此以推,則古曲之採入本傳者,應不少也。

戴德源亦舉〈陳情〉【叨叨令】中「(大王爺)他心兒兀的不狠殺人也麼哥!(大王爺)你赤緊的勾拿那廝,只索與咱兩個明明白白的對。」一曲為例,說明「兀的」、「赤緊的」、「那廝」這些都是元人常用語,因而猜想:「王玉峰至少在遣詞設句方面,的確不少是『借用舊本』的」(〈怨歌一曲唱新譜,倩魂千載繞餘音──川劇王魁戲源流〉,頁65)。

第三節　梨園戲《王魁》的來源

一、與南管曲中所述王魁故事比較

由之前的論述可以發現:梨園戲《王魁》顯得相當特別,近代各劇種多少均受到明傳奇《焚香記》與川劇《情探》的影響,惟有梨園戲《王魁》例外。今日梨園戲中保留下不少宋元南戲的劇目,學者多認為此一劇種與宋元

南戲關係密切，〔註16〕曾金錚更認爲：「梨園劇《王魁》應是南戲《王魁》的佚本」（〈梨園戲幾個古腳本的探索〉，收入《南戲論集》，頁240）由前面對於王魁故事歷史發展的討論，可知：梨園戲《王魁》在故事內容上確實較接近宋元時的王魁故事，具完全不受王玉峰《焚香記》的影響，這在近代王魁戲中顯得相當與眾不同。例如上節述及版本差異處，梨園戲《王魁》在桂英聞知王魁負心一事的情節安排上，便保留了南戲和筆記小說中的情節，是由桂英得知王魁中舉後，派人送書信給王魁，結果書信被扯破，下書人被王魁打離廳。可見其確實保留了宋元時王魁故事的若干風貌。以下茲舉梨園戲《王魁》中桂英所唱【倍工】「珠淚垂」一段以見其大要：

> 珠淚垂，恨殺冤家心性虧，耽誤阮一身，到今旦，只處無所爲。我
> 靠你，好似如靠天，你把阮，做一參商侶。你今害阮雖然無緊要，
> 你都袂記得當初同阮海神廟內咒咀，願要相隨，若是好。差人送書，
> 把我姆兒打趕，又將阮書扯碎。冤家你這般行止，還你是麼般所爲？
> 聲聲罵阮煙花嘴。尋思麼受愧。既知阮是煙花門戶，當初何要發願
> 相配對？到今旦，反誤謝桂英刈喉身死。阮終身做無倒邊，看我滿
> 面是血，看我遍身盡都是血漬。驚得我只魄散魂飛。今來除非著見
> 冤家一面，與伊討命，消我一腹只者恨氣。今除非著見王魁一面，
> 共伊討命，者消我一腹只者恨氣。

這支曲子在被視爲與梨園關係密切的南管（又稱南音）曲中亦有，〔註17〕除

〔註16〕例如林慶熙〈略論福建戲曲的產生及其與南戲的關係〉一文便說：「從莆仙戲、
梨園戲保存或曾經演出的早期劇目來看，多屬宋元時期溫州雜劇的戲文劇
目。這是宋元之交溫州雜劇流傳福建後，陸續爲興化雜劇、閩南雜劇所吸收
的結果。溫州雜劇有的劇目在明清時就散佚無傳，而且也未見其它地方劇種
演出，但莆仙戲、梨園戲不僅有傳本，而且還一直在演出，這是它們吸收幷
保存了溫州雜劇戲文的明證。」（福建省戲曲研究所等編《南戲論集》〔北京：
中國戲劇出版社，1986 年〕，頁 99）同時，《南戲論集》中所收不少論文，
亦認爲閩南戲曲之來源相當早。

〔註17〕此曲在吳明輝所編之《南音錦曲選集》中亦有，今姑錄之於下，以茲對照：
【倍工‧巫山十二峰】珠淚垂，恨殺冤家心行虧，耽擱阮一身，到今旦，只處
無所歸。阮怙你恰是如願天，你掠阮做一參商淚。你今害阮，雖然無緊要，你
都袂記得當初海神廟內發誓，願要相隨，那於是僞差人送書掠阮姆兒打趕，你
又掠阮書拆碎。冤家，你是麼般行止？要你是麼般所爲？你聲聲罵阮煙花嘴。
尋思麼羞、尋思麼羞愧，既知阮是煙花門戶，你當初何要發願相聘對顚危？到
今旦反誤捨桂英割喉身死。阮將做無主鬼，看阮滿身襤褸，看阮遍身盡都是血，
驚得阮只魄散魂飛。今除非著見冤家一面，共伊討命，消得一腹恨氣。今除非

若干用字不同外，內容幾乎一樣。此外，像【沙淘金】來到陰山、〔註18〕【撲燈蛾】桂英賤婢〔註19〕等曲，南管曲中均有。南管中取材王魁故事之曲，吳捷秋曾蒐集過，他說：

> 《王魁》有三支指套名曲。五空管七撩，倍工滾門的【巫山十二峰】
> 對菱花；五空管慢三撩【長綿答絮】鳳簫聲斷；五空緊三撩【錦板】
> 魚沈雁杳。〔註20〕收錄在散曲者十六支：五空管緊三撩【南將水】
> 想起來，五空管緊三撩【序滾】告訴大王，四空管緊撩【中滾‧十
> 三腔】恨王魁，四空管疊拍【短滾疊】恨王魁，五空管七撩倍工【巫
> 山十二峰】珠淚垂，五空管慢三撩【竹馬兒】恨王魁，同屬五空管
> 緊三撩者有【雙閨】煙花女、【雙閨】王魁僥倖、【奏雙閨】桂英你
> 是、【八駿馬】阮是煙花、【撲燈蛾】桂英賤婢、【雙閨‧撲燈蛾】王
> 魁短命，五空管七撩倍工【三台令】僥倖人、四空管緊三撩【中滾】
> 來到此。這十九支曲，都分散在《王魁》各個場口，以〈走路〉的
> 「魚沉雁沓」、「珠淚垂」最為動聽，而以「海神廟」伽藍王與小鬼
> 所唱的【奏雙閨】最有特色。(〈梨園戲研究〉，頁25～26)

以下舉南管曲中【序滾】「告訴大王」一支，以見其故事梗概：

著見王魁一面，共伊人討命，即銷得我一腹不爾恨氣。(頁41～43)

〔註18〕此曲同樣收錄在吳明輝所編之《南音錦曲選集》中。

〔註19〕呂錘寬撰輯《泉州弦管（南管）指譜叢編》第三輯散曲中收有【撲燈蛾】（俗
稱【臭雙閨】）「桂英汝賊賤婢」，在梨園戲《王魁》中此曲由伽藍王所唱，文
字上有少許差異，今將散曲之內容錄之於下：
【撲燈蛾】（又稱【臭雙閨】）「桂英汝賊賤婢」
桂英汝賊賤婢，無眼力，汝今可帶志共許向般人結做麼相知，恁雙人仝入廟，
獻紙錢，願相隨到百年。誰知伊，那是假意咒誓，恐畏我聽見，暗靜去提紙
撻我耳，伊暗靜去眠床頭偷提粗紙挼莊卜來撻我雙個耳。(頁283～284)

〔註20〕這三支指套名曲於菲律濱金蘭郎君社劉鴻溝編錄之《閩南音樂指譜全集》中
有收錄，第廿三套「對菱花」首齣為【倍工】「對菱花」，次齣為【長綿搭絮】
「鳳簫聲斷」，三齣為【錦板】「魚沉雁杳」。今姑錄其首齣「對菱花」於下：
【倍工‧巫山十二峰】對菱花，照見阮只形容減。頤頰高崎，雙目塌，雲鬢
亂，胭脂冷淡，淚滿秋江，愁鎖春山，瘦減阮朱顏，恰是換除一人，為誰？
阮亦那為薄情冤家，賊冤家，你只僥倖漢，伊今別處迎新，棄覓阮舊人，致
惹阮病會障沉重，又想新人是阮舊人做過水性姿娘，有一也般向希罕？伊那
是心迷意亂，所見未通，不念阮糟糠，舊情恩愛重，不變除面反做一虧心負
義漢。思量起阮罵伊袂得伊聽，卜寫封書淚滴紙淡惡寫。今但得小心強寫幾
句寄去薄情人知。說阮當初曾發海山盟誓，割恩共斷義，句亦未成。說阮當
初曾發海山盟誓，割恩共斷義，句亦未成。

【序滾】（得串在【南將水】唱）「告訴大王」

　　告訴大王，乞聽說起：桂英一場代志自有神明恁知機。當初時，王
　魁伊上京赴試，阮即共伊結做連理，伊共阮恩愛糖蜜甜。銷金帳內
　做出斟唇弄舌。阮雙人當初在大王廟內同發誓，日後有金榜得帶伊
　名字，取阮做夫人，夫唱婦隨做鸞鳳到百年。自伊去後，杜門謝客，
　除了花粉，洗盡胭脂，身清白潔，阮專心等望伊。今旦伊身成器，
　送書度伊，打趕阮嬋兒，聲聲罵阮煙花賤婢，書信拆碎。伊拆破阮
　書，掠阮舊情不提起。阮今切怨身死金刀割喉，阮命歸陰司。全望、
　全望大王為阮判斷公平，不賠阮命，阮都不放伊身離，伊不賠阮命，
　想阮不放王魁身離。（《南音錦曲選集》，頁 505）。

由以上兩段曲文看來，梨園戲與南管中所述之王魁故事大體上是一致的。它
們同樣都保留了宋元時王魁故事的面貌，諸如：（一）望海神廟盟誓，（二）
桂英遣僕持書往，魁叱書不受，（三）桂英揮刀自刎等。至於其他劇種除第一
點外，多隨明本《焚香記》將（二）改為桂英收到休書以及將（三）改成桂
英以羅帶自盡。不過，在梨園戲中出現的若干人物，如金壘、十姊妹等，在
南管曲中並未見到有與這些人物相關的曲文。

二、與田漢《情探》有若干雷同處

　　然而在某些情節的處理上，梨園戲《王魁》又和宋元時的王魁故事不盡
相同，反而與田漢本《情探》有若干雷同之處，這可就以下四點來看：

（一）金蕊此一人物的出現

　　在宋元筆記小說中均無金蕊此一人物，至明傳奇《焚香記》時方出現一
個姓金名壘，字曰富的反派人物。

　　梨園戲《王魁》中則有音近的「金蕊」，然而梨園戲中金蕊所佔的份量無
足輕重，充其量只是在桂英得知王魁負心後去羞辱桂英罷了。即使梨園戲中
將金蕊這個人物完全刪掉似乎對劇情影響也不大，雖然並不十分清楚此一劇
本的來龍去脈，但猜測：金蕊此一人物應該是到後來才加入的，且和劇情尚
未完全融合。〔註21〕

〔註21〕據悉：莆仙戲中的王魁故事也有類似金蕊的角色，名叫金蕩或金巨富，（劉念
　　　　茲《南戲新證》，頁 131～132）或許與梨園戲《王魁》之關係較密切。有趣的
　　　　是：金巨富與明傳奇《焚香記》中的金曰富僅一字之差。莆仙戲中桂英的自盡

（二）桂英之父為金蕊所害

梨園戲《王魁》中言桂英之父原為太湖知縣，被金蕊之父所害，桂英自己則被親戚拐賣至煙花門戶，金蕊要收桂英為偏，桂英至死不從。這一點倒和田漢本的《情探》有些接近。田漢《情探》言桂英之父敫秉常，在萊陽當緝私小吏，因他到開封府包老爺那兒告金壘，於是金壘便雇人將他殺了。而桂英也因父仇未報，才苟活於世。由桂英之父為金壘所害這段情節來看，梨園戲《王魁》和田漢《情探》均有之，二者不知孰先孰後？似乎存在著某種關聯。

（三）結拜十姐妹的出現

梨園戲《王魁》中多出翠雲、秀紅、秀月、彩屏這些人物，自稱是與桂英當初結拜的十姐妹，如今（桂英聞知王魁負心後）只剩下五個人。而田漢《情探》中不但也有提到十姐妹結拜之事，甚至連彩屏、翠芸、秀紅等三人的名字也都一樣，桂英的婢女名叫小菊也是兩本皆同。越劇《情探》中這些姊妹的作用較大，藉著姊妹們的嘲笑來描寫桂英對王魁的痴情已到完全不顧姊妹們嘲笑的地步。但梨園戲《王魁》中的姊妹們似乎並未在劇情上發揮多大作用。而這些人物在早期的王魁故事中並未出現過，因此關於梨園戲《王魁》和田漢《情探》在這一點上的雷同，究竟是何原因？仍有待解答。

（四）桂英走路一齣——梨園戲《王魁》、莆仙戲《金巨富》、越劇《情探》均有

越劇《情探》中的〈行路〉一折，係田漢於 1957 年新寫的，在此之前並無此折。王安祈先生認為：「（越劇）〈行路〉絕對受到了（梨園戲）〈走路〉的啟發」（〈有關梨園戲《王魁》劇本研究的幾點補充和疑問〉，頁 69）。

不過，梨園戲《王魁》除多〈行路〉一折外，與他本很不相同的便是：梨園戲無〈陽告〉情節，但多海神判案一折——〈對理〉。但梨園戲〈對理〉內容多為插科打諢，最後竟是王魁答應建石坊給桂英，坊著青草石，坊上一對十八學士，坊腳下一對獅子戲球，如此在打鬧、草率判案中結束。

綜合以上幾點來看，可以發現：梨園戲《王魁》和越劇《情探》的確存在若干雷同之處，但不知究竟是田漢吸收了梨園戲的情節？或是梨園戲吸收

方式則是持刀與拿繩兩種兼具。持刀自盡的本子為《金巨富》（又稱《敫桂英》），其劇情與梨園戲《王魁》類似，同樣是桂英遣僕至徐州，卻被王魁打逐。

了田漢改編劇的某些情節？關於這一點，王安祈先生認爲是：田漢之作「受
到梨園戲的影響」（同上），他說：

　　劇中安排桂英之父爲官時被金壘所害，金壘又有意收桂英爲偏房的情
節，和梨園戲同出一轍，而「殺父之仇」這一節卻是梨園戲特有的。田漢《情
探》深受川劇《情探》影響，這一點是毋庸置疑的。因爲田漢本人在〈關於
《情探》〉一文中已曾言及，﹝註22﹞同時他又有兩首題名〈觀川劇《柴市節》、
《情探》和《斷橋》〉之詩，﹝註23﹞可見其《情探》之創作的確是受到川劇《情
探》的啓發。至於他是否曾看過梨園戲《王魁》？就不可得知了，只知在其
年譜和文集中均未見有任何相關記載。﹝註24﹞

　　此外，王安祈先生曾懷疑：假使「此本（何淑敏口述本）是宋時閩南作品
的遺傳」則王玉峰《焚香記》有可能受到梨園戲《王魁》的影響，尤其是
金壘此一角色的出現，似乎可作爲證明。﹝註25﹞當然，首先必須肯定：「此本
（何淑敏口述本）是宋時閩南作品的遺傳」這一點，之後才能進一步討論梨
園戲《王魁》與明傳奇《焚香記》之間的關係。不過，欲證明上述這一點，
恐仍有待於更有力的證據。

﹝註22﹞ 同註4。
﹝註23﹞ 〈觀川劇《柴市節》、《情探》和《斷橋》〉兩首七絕收入《田漢文集‧第十二
　　　　卷》，其內容如下：「文山慷慨辭柴市，白氏纏綿泣斷橋。各有深情銷不得，
　　　　歌場留待藝人描。」「糾纏至死似春蠶，猶戀從前一葉甘。雙鬢近來秋意滿，
　　　　何堪此夜看《情探》？」《田漢文集》編者註：1941年2月18日晚，作者觀
　　　　看了川劇這三齣戲。（頁265）
﹝註24﹞ 據《田漢年譜》得知：田漢另一次觀賞王魁故事的演出，是在1961年5月7
　　　　日，欣賞上海人民評彈團表演的《情探》。《田漢文集‧第十三卷》載所作之
　　　　〈聽評彈四絕〉，《情探》爲其中之一：「捉王郎又惜王郎，探出眞情更斷腸。
　　　　一曲琵琶淒婉絕，麗腔端合唱焚香。」（頁243）
﹝註25﹞ 參見王安祈〈有關梨園戲《王魁》劇本研究的幾點補充和疑問〉，《民俗曲藝》，
　　　　梨園戲專輯，76期，民國81年3月，頁67～68。

表 4－5：全本王魁戲劇本資料來源表

編號	劇種	劇目	編劇	完成時間	資料來源 （劇本發表處）
一	明傳奇	《焚香記》	王玉峰	明嘉靖	《六十種曲》、《玉茗堂批評焚香記》、《李卓吾評焚香記》〔註26〕
二	川　劇	《紅鸞配》（又名《活捉王魁》）	不　詳	清光緒初年	《川劇傳統劇目彙編》第十集
三	川　劇	《情探》	趙　熙	清光緒卅二年	《傳統川劇折子戲選》、王起《中國戲曲選》下冊
四	京　劇	《情探》	田　漢	1944	《田漢文集・九》，頁145～260
五	京　劇	《活捉王魁》	李　准	1947	斗山山人編《劇本二十一種》
六	越　劇	《情探》	田漢、安娥	1957	上海越劇院1980年實況演出錄音
七	川　劇	《焚香記》	席明眞李明璋	1959	《川劇選集》，頁1～39
八	京　劇	《義責王魁》	呂　仲	1959	《劇本》1959年5月號
九	京　劇	《王魁負桂英》	俞大綱	1970	《俞大綱全集——劇作卷》
十	京　劇	《沉海記》	鄒憶青戴英祿	1983	中國京劇院三團劉秀榮演出本
十一	京　劇	《青絲恨》	李玉茹	1984	《劇本》1984年1月號
十二	崑　劇	《新編焚香記》	朱　禧	1984	《江蘇戲劇叢刊》1984年第3期
十三	梨園劇	《王魁》	何淑敏口述	不詳	《福建戲曲傳統劇目選集・梨園戲・第二集》
十四	京　劇	《焚香怨》	丁振遠	1989	《大舞台》1989年3月號
十五	豫　劇	《情斷狀元樓》《王魁負桂英》		1990前後	鄭州豫劇第一團演出本

〔註26〕明傳奇《焚香記》雖有表4－5中所列三種版本，但差異不大，本文基本上採用
　　　　北京中華書局1983年吳書蔭點校的《焚香記》（與《偷甲記》合為一本）。

第五章　王魁故事作品的藝術成就

　　本章討論諸王魁故事作品的藝術成就，係就前面三章所述及之王魁故事作品，由人物塑造及舞台或劇本改編的角度做一綜合比較，以便對王魁故事在演變過程中的藝術成就作出評論。由於王魁故事的藝術成就主要表現在戲曲形式上，而「戲曲只能通過劇中人物的語言和行動，表現人物的精神狀態」（徐扶明《紅樓夢與戲曲比較研究》，頁 237）換言之：「作為戲曲作品，首先應當注意塑造人物，使人物具有典型性。」（同上，頁 239）同時俞大綱〈沈痛的論「南寧公主」〉一文中也說道：

> ……戲劇的完整並不依賴於故事的有首有尾，……戲劇應以人物性格為中心，劇情跟著人物的性格開展，才會有好的戲劇產生。（《戲劇縱橫談》，頁 146）

因此第一節將透過王魁故事在演變過程中的人物塑造此一角度來說明其藝術成就。

　　其次，戲曲作品終究是要在舞台上演出的，在舞台實際演出時，表演者為了某些需要，往往會自行對劇本做若干調整，或是在表演上增加一些細節，雖然這未必會影響到故事本身的情節發展，但它卻可能具有良好的舞台演出效果，進而加強了故事的感染力，促成故事的繼續流傳，這方面的藝術成就亦不可忽視，將於第二節中述及。

　　最後，在第三節中，將就作家刻意對故事進行改編這一點進行討論，觀察其對於故事情節所做的改寫、重編，有無達到一定的影響和成就。

第一節　人物塑造的方式

一、桂英形象的美化

（一）桂英身分的轉變——由鄉閭娼妓到大家閨秀

桂英最初的身分據《括異志》說，是個「鄉閭娼妓」（卷三·王廷評條），可見其出身微賤。而宋、元時的筆記小說也多半未提及桂英家世，只說她在山東萊州的「北市深巷小宅」，長得很美艷，雖然有些吟詩的才學，不過仍是以妓女視之。

這種情況，到了宋末元初時有所改變，話本《醉翁談錄》已開始言桂英世本良家，這顯示出桂英原本出身並不差。後來的明傳奇《焚香記》也是說她原是名門閨秀，因故淪落風塵。後代改編本，包括梨園戲《王魁》也莫不如此。因為這樣一來，桂英便完全擺脫了原本鄉閭娼妓那種粗俗的形象，轉而成為知書達禮、有大家閨秀風範的小姐，只因家道不幸中落以致淪落風塵。這是美化桂英這個人物形象很重要的一點。目前所見最早是《醉翁談錄》先如此說，而傳奇《焚香記》則繼承之，於此奠立了基礎，其後便很少再有改動了。

其次，為了將桂英世本良家，卻不幸淪落風塵之情節予以合理的交代，才會衍生出一段「桂英之父為人所害」的情節，這正是梨園戲《王魁》和田漢《情探》二者關聯之處。而田漢更塑造桂英乃因父仇未報而必須苟活於世，藉以顯示桂英並非沒有節操，而是因為有著不得已的苦衷，更強調了桂英堅貞不移的情操。事實上，在明傳奇中的女主角也多半是三貞九烈的，即使是妓女也是賣藝不賣身的，這自然也是因為戲曲要求具備教化的功能，因此必須強調劇中女主角的貞節。

（二）桂英對王魁的感情——由施恩圖報到純粹愛情

最早在張師正《括異志》的記載裡，說：「王向在鄉閭與一倡妓切密私約，俟登第娶焉，既登第為狀元，遂就媾他族，妓聞之忿恚自殺，……」由這段簡短的記敘中，看不出王魁與娼妓之間的感情如何？也不知道王魁「與倡妓切密私約」時是出於真誠或只是一句戲言？但顯然與之切密私約的倡妓是很看重這個承諾的，所以才會因為王魁沒有履行諾言而忿恚自殺。換言之，這名倡妓對於王魁中舉娶她這件事是充滿期待的，似乎也沒有懷疑。對她而言，這件事似乎對她影響重大，否則她也沒有必要因為失敗即憤恚自

殺。王魁登第娶她，這對她而言，具有什麼意義呢？意義相當重大，假使王
魁登第娶她，她的身分地位就會大大提高，而且今後也不虞衣食，更不用再
過青樓賣笑生活，遭人白眼了。原本低微的倡妓身分搖身變成狀元夫人，那
自然是她所夢寐以求的。然而以當時社會的階級差距和婚姻的門第觀念來
看，一個狀元去娶一個妓女這幾乎是不可能的事。別說是娶一個妓女了，就
是一個貧窮之家也不敢奢望高攀狀元，例如沈括（1029～1093），《夢溪筆談‧
卷九‧人事一》載：

> 朝士劉廷式本田家，鄰舍翁甚貧，有一女約與廷式為婚，後契闊數
> 年，廷式讀書登科，歸鄉閭訪鄰翁，而翁已死，女因病雙瞽，家極
> 困餓。廷式使人申前好，而女子之家辭以疾，仍以傭耕，不敢姻士
> 大夫。廷式堅不可，與翁有約，豈可翁死子疾而背之？卒與成婚，
> 閨門極雍睦，其妻相攜而後能行。凡生數子。廷式嘗坐小譴，監司
> 欲逐之，嘉其有美行，遂為之闊略。其後廷式管幹江州太平宮，而
> 妻死，哭之極哀，蘇子瞻愛其義，為文以美之。

因為身分地位的懸殊，這個農家女本來是說什麼也不敢妄想會嫁給一個新科
進士的，即使是早已有了婚約，也仍是不敢期待。假設劉廷式若是未能信守
承諾，堅持到底的話，看樣子農家女似乎也不會因此而怨恨他。畢竟中舉之
後，男方的身分地位已經讓人自覺配不上了。這是宋初時社會情況的反映。

　　如以當時之社會眼光來看，此名倡妓的想法確實是天真了點，她竟然對
王俊民登第後娶她這個允諾深信不疑。或許當時早已有人勸戒過她，但她仍
執迷不悟，才會導致後來的「憤恚自殺」吧？不過，在這段記載裡，我們看
到的這名娼妓，她所追求的可能只是外在身分地位改變，看不出有什麼愛情
可言，或許對於名利看得還比較重吧！

　　王魁故事成型之後，宋人筆記中的《王魁傳》，出現了桂英之名，而且王
魁正值下第失意時遇見桂英，桂英便慷慨資助他，跟他說：「君但為學，四時
所須，我辦之。」王魁也接受了她的資助。如此一來王魁與桂英間便夾雜著
恩情與愛情，這其中似乎恩義的成分還更多些，以致於後來桂英不能接受王
魁負心這個事實的主要原因在於：王魁「輕恩薄義，負誓渝盟」，在愛情中夾
雜著恩情。換言之，桂英對王魁的付出是要求回報的，這個回報不只是感情
上的，更是物質上的。桂英之所以自殺，其原因主要在於期望落空，一切心
血付諸東流。她有什麼期望呢？她想當誥命夫人，但結果卻是令她極度失望

的。在這裡，桂英對王魁的感情是介於恩情與愛情之間，二者夾雜著，因此王魁之所以備受指責，其實主要是因爲他忘恩負義，以及沒有信守承諾，倒並不是因爲他在愛情上不夠專一。

直到趙熙《情探》的出現，才將桂英對於王魁的需索，變成純粹的愛情渴求，而不再夾雜恩情回報和物質回饋。《情探》中桂英最後只要求能夠陪在王魁身邊照顧他即可，即使是做妾也沒關係。這顯得桂英已不再只是爲了貪圖那狀元夫人的頭銜，而是眞心願意和王魁長相廝守，這使得桂英與王魁二人間的愛情變得更加純粹。

（三）桂英代表的典型──敢愛敢恨的復仇女子

爲了能更清楚地看出桂英此一女性角色所具備的典型性，以下嘗試以唐傳奇中兩名類似的女性人物：李娃與霍小玉來和桂英做一比較。她們三人同樣是青樓女子的身分，同樣在社會上沒有地位，同樣與一名書生交往，但三人在性格上卻又不盡相同。唐傳奇《李娃傳》中的女主角李娃無寧說是比較理智的青樓女子，她十分清楚自己的身分地位、自己的處境，她與鄭生在一起也只當他是眾多賓客之一，並未奢望他會改變自己的地位。雖然故事後來的發展是皆大歡喜的，但這似乎並非大家心中所預期的，除了鄭生外。甚至唐翼明〈讀霍小玉傳，兼論鶯鶯傳及李娃傳〉一文中也認爲：那其實是「把本來應當是悲劇的故事變成了喜劇」（唐翼明《古典今論》，頁 209），又說：「這種結局在當時（唐代）的社會條件下是不可能實現的。」（同上）而李娃最後地位之獲取還是仰賴鄭生對她的一片癡情。依照李娃的想法，鄭生負她是正常的，她原本就不期望有所謂長久的愛情，也不期待和鄭生做長久的夫妻。由許多地方可以看出李娃是個理智型的女子，她甚至深明大義，會站在男性士人階層的角度做各種考量，例如她勸鄭生發奮用功以求仕進，甚至在鄭生高中後也不敢冀求什麼。但《王魁傳》中的桂英不同，她對王魁是充滿預期和等待的。或許早在當初她資助王魁時便已在期待王魁回報她的那一天到來！桂英在施恩的同時也渴望回報。

而唐傳奇《霍小玉傳》雖然和王魁故事類似，同樣是男子負心的故事類型，不過《霍小玉傳》在述及當李生將離去之時，霍小玉即已料想到李生此去「必就佳姻」，可見她心裡其實是知道她與李生之間的愛情不可能長久，然而由於其性格本係癡情，雖然心知肚明，卻無法以理智來遏止她對李生的情感，只有因著自己的癡情而自戕了。她的性格註定了這樣一個悲劇，因爲性

格上的軟弱，一旦陷於愛情之中便無法自拔，所以即使她明知李益已經變心，她仍然無法揮劍斬情絲，這一悲劇的促成可說是由於人物的性格，因此具有動人的悲劇效果。故事發展到後來，李生辜負了霍小玉，她死後即使化為鬼魂，以她柔弱的性格，和她對李生的感情來看，她應當不會像桂英那樣去要求李生償命，而做出傷害李生的事。因此《霍小玉傳》最後描寫李生婚後的不安，與其解釋成：小玉的陰魂不散，倒不如說是李生自己因良心不安而有精神錯亂的現象，如此解釋更為合理。

　　三個女性角色，分別代表了三種不同的性格典型。同樣是妓女與士人間的愛情故事，桂英不似霍小玉痴情，她一得知王魁負她，立刻由愛生恨，這種反應很正常，但是她所採取的激烈報復行動（揮刀自刎）卻未必是一般人可以做到的。另一方面，就理智而言，桂英又不如李娃，她沒能客觀地認清存在她與王魁間的障礙，而一心想飛上枝頭當鳳凰。看來她真是一個想法天真、單純而且感情熾熱直接的女子。天真的是，她一心幻想著「麻雀變鳳凰」，完全沒有顧慮到現實上的種種障礙。同時她的感情又是那麼地熾熱濃烈，愛恨分明、敢愛敢恨，一旦被人辜負，誓必會採取激烈的報復行動。這不正是今日通俗作品中仍經常可看到的一種復仇女子的典型嗎？桂英所代表的正是這一種典型的女子，此一典型至今在地方新聞中仍時有所聞。不過在父權社會中，桂英的形象恐怕是令人害怕而有所警戒的！雖然距離宋初將近千年，王魁負桂英的故事也不再流行，但桂英此一典型角色卻化為其它人物，不斷地在現實中或通俗作品中出現。

（四）桂英性格的變化——由豪氣趨於溫婉

　　雖然說桂英是一個剛烈的女子，但在王魁故事演變的過程中，桂英的性格也有著從剛烈到溫婉的轉化。筆記小說中對桂英此一人物的描寫著墨不多，只知她是一個很果決的女子，可以在聞知王魁負心之後立刻揮刀自刎，又在王魁向她請求原諒時，毫不留戀，一心只要取王魁性命。而在《醉翁談錄》中的桂英則頗具俠氣，描寫桂英那種「取一剃刀，將喉一揮，就死於地」的斷然志氣，又描寫桂英鬼魂出現時的壯盛氣勢：「見桂英跨一大馬，手持一劍，執兵者數十人，隱隱望西而去。」最後，桂英鬼魂出現在王魁面前時，桂英是「披髮仗劍」，儼然一付女性豪傑的模樣。像這樣的女性角色，顯然是和杜麗娘的楚楚動人、趙五娘的端莊賢淑是大不相同的，而描寫女子剛烈一面的作品，在中國文學中似乎也是比較少見的。

不過到了明傳奇中，桂英既然出身世家，自然其性格上就變得和一般的大家閨秀沒什麼兩樣了，她也一樣立志守節、拒絕改嫁，一樣爲王魁縫製寒衣，其性格已有所轉化，不再像話本中那麼豪氣了。到了趙熙《情探》之時，桂英一再委屈求全地試探王魁，削減了不少殺伐之氣，從而顯現出來的是一個性格溫婉的桂英。

二、王魁刻劃更深入

（一）將王魁改造成王俊民

雖然述說王魁故事不一定要溯及故事成型前的人物雛形——王俊民，然而事實上當夏噩的《王魁傳》於北宋流行之時，當時人便都知道王魁其實就是在影射王俊民，否則初虞世也不用急於替王俊民辯誣了。甚至到李獻民《雲齋廣錄·王魁歌引》中也還有「故太學生」王俊民的影子，只是它并未道出姓名罷了。此後的筆記小說多隱沒王俊民之名，只說「王魁」，這樣流傳一段時日之後，人們便只知有「王魁」而不知有「王俊民」了。然而在明傳奇《焚香記》和田漢《情探》中都再次聲明了王魁故事的男主角乃「姓王名魁，字俊民」，這雖與事實不符（因俊民即其名，魁非其名），但既然作者會特別說出「王魁字俊民」，可見作者了解此故事之本事源流。宋元時的筆記小說，惟一既提及王魁，又言及王俊民被人誣陷爲「王魁」者，只有周密的《齊東野語》。換言之，王玉峰和田漢二人均曾看過《齊東野語·王魁傳》的記載。由田漢〈關於《情探》〉一文看來，[註1]此說是可以得到證明的。至於王玉峰，由他寫《焚香記》爲王俊民翻案的苦心似乎也可以看出他對王魁本事的熟知。除了將「王魁」轉變爲辭婚守義的「王俊民」這一點重要的形象改變外，從他對情節、人物的安排中也可看出他對王俊民時代背景的認識。例如《焚香記》中需要一位賢明的宰相，即使說親遭拒也不致惱怒。作者遂從實有其人的王俊民生長的時代背景中找到於嘉祐三年六月「拜同中書門下平章事、集賢殿大學士」（《宋史·卷三百一十二》）的韓琦（1008～1075）。又以傳奇的篇幅要求，單寫王魁一線故事略顯薄弱，因此又加入了富有武打場面的種諤一線，種諤也是北宋時人，可見作者王玉峰對於王俊民的時代背景的確做過一番考察，甚至也許想藉此還王俊民一個清白。於是《焚香記》中的王魁就

〔註1〕參見《田漢文集·卷九》，頁545。

在王玉峰的改造之下變成了王俊民的良好形象。

（二）王魁的父母雙亡

撇開王俊民不談，再來看王魁的身世。筆記小說中的王魁並未說他父母雙亡，反而正是因為家有嚴君，必定不能容許他娶一個風塵女子，所以王魁才不得不聽從父命另娶一門當戶對之女。上有高堂則婚姻無法自主，因此身為王魁故事翻案劇的明傳奇《焚香記》，便不得不安排王魁父母雙亡，惟有如此方能將一名書生娶妓的行為予以合理化。不但如此，還要依託算命先生之言，說是與桂英結為連理乃命中註定之事，以便使王魁一開始娶桂英的行徑不致於太過離譜，使讀者可以接受。後代改編本如：趙熙《情探》、田漢《情探》皆順著明傳奇本一脈而下，繼續採用王魁父母雙亡的說法。只不過《焚香記》中的王魁是辭婚守義的，但《情探》中的王魁卻變成是在沒有父母的干預，完全可以自主的情況下，自己做出決定，選擇了負心一途。這樣的負心行為顯得比宋元時更為人所不容，因此王魁在近代的形象比起宋元時可說是更壞了，這恰與桂英形象的日漸美化形成對比。

（三）王魁的負心

A、出自韓興的慫恿——《紅鸞配》

B、完全是自主的——田漢《情探》

C、王魁不負心，辭婚守義——王玉峰《焚香記》

至於說王魁負心的意願究竟是否出於自主？這一點在王魁故事的歷史發展過程有不同的變化。早期的王魁故事，誠如前一小節所述，一來是上有高堂，二來是當時的社會階層區隔明顯，雖然筆記小說中並未明言，但料想王魁在客觀環境不允許的情況下，也只能選擇辜負桂英一途。明傳奇《焚香記》中王魁並未辜負桂英，但承襲自《焚香記》的川劇《紅鸞配》又如何安排呢？《紅鸞配》中結局是王魁負心，如此一來才能嵌入轉世輪迴的目連戲中。《紅鸞配》最後閻君審判時，將王魁負心之過歸咎於惡僕韓興的慫恿，這顯然是為王魁開脫罪名，另一方面恐怕是為了來世轉入目連救母一戲時，為了配合其劇中人物和劇情需要所做的一種銜接。單獨看《紅鸞配》時，尚覺合理，但若和趙熙〈情探〉合為全本戲 (註2) 時，便不免出現矛盾，一方面是出自韓

〔註2〕 本文所採用之劉振魯輯《當前臺灣所見各省戲曲選集》中所錄之川劇《情探》，其實是融合了趙熙的《情探》與原本目連戲中的《紅鸞配》而成。趙熙《情

興的慫恿，但另一方面王魁在桂英鬼魂「以情探之」時又完全是出於本身自主地要背棄桂英，如果說之前的王魁是一個優柔寡斷之人，會被韓興所慫恿，到後來面對柔情似水的桂英時，卻變得如此鐵石心腸，這似乎顯得王魁的性格前後不一致。因此歸咎爲韓興慫恿的負心因素在田漢《情探》以後的本子幾乎都遭刪除，轉而從王魁本身的性格入手，更加突顯王魁一心一意只想往上爬，利慾薰心，已無情義可言的性格。最後做出負心的選擇也完全是他自己經過考慮後的決定。如此一來，才根本地從人性的弱點處著眼，一來將王魁此一人物的性格刻劃得更加深刻，二來也達到人物性格統一的戲劇要求。

爲了表現王魁的人物性格，田漢又透過一些情節安排，表現出王魁在面臨抉擇時矛盾不安的心情，例如京劇《情探》第十四場，王魁寫好休書託張千送去給桂英之後，隨即他又看了桂英送來的書信，一時深受感動，曾再命人去將張千追回，可惜爲時已晚。類似這樣表現王魁心理矛盾的情節，在趙熙的〈情探〉中已有端倪，以下將述及。不過，使王魁的性格由模糊、矛盾到清楚、統一，田漢《情探》可說具有一定的功勞。

（四）王魁心境的轉折

明傳奇《焚香記・折證》中桂英一見王魁即要捉他，並且不容許他有任何辯解的機會。因爲在明傳奇《焚香記》中王魁的確是被冤枉的，因此自然不能讓他有辯解的機會。作者王玉峰爲了保留原本王魁戲中精彩的「活捉王魁」，又要兼顧王魁辭婚守義、不負心的情節，作出如此安排。但後來的王魁戲都改成王魁確實負心，如川劇《紅鸞配》中王魁就仍是以負心書生的形象出現，也因此被閻君判刑，來世轉爲女身，即目連戲傅員外家的金奴。不過《紅鸞配》中王魁的性格並不明顯，也不一貫，此前一小節曾述及。趙熙《情探》既是根據《紅鸞配》所改編，它遵循了《紅鸞配》中王魁負心的故事發展脈絡，然而在王魁的人物性格上，它如何擺脫《紅鸞配》原有的缺點呢？

趙熙〈情探〉一折的創造即在於強調王魁的自主性，它安排桂英鬼魂前

探》原有四折，由周孝懷分別定名爲〈誓別〉、〈勸休〉、〈牒告〉、〈情探〉四折，（關於齣目之異稱可參見本章註七）但其後只存〈情探〉一折，其餘三折逐漸失傳。而劉振魯輯本既有「情探」之情節，後面又有《紅鸞配》的冥判情節，閻羅將韓興以挑撥離間，拆散人家姻緣之罪判他來生變狗，日後劉氏大娘大開五葷，即以他開刀。而王魁男變女身，桂英女變男身至傅員外家。這顯然是川劇目連戲的保留。因此，劉振魯所輯當是川劇藝人把傳統川劇王魁戲中的《紅鸞配》和《情探》結合成一全本戲的組合本。

去尋找王魁，並試圖以往日舊情打動他，這時王魁曾經一度被桂英感動而猶豫不決，例如桂英鬼魂送藥方給王魁這一段藉以試探王魁情意的情節，在此之前並安排了王魁患有寒腿之疾的伏筆，這些情節亦均為田漢《情探》所吸收。這樣的安排襯托出桂英對王魁感情之真，發自內心，是「情探」中一個重要的試探點，藉此看出王魁的反應。結果使得王魁曾一度後悔，但稍一猶豫隨即馬上又硬起心腸了。這一段細節很能表現人物性格，因此後來其他的改編本也多予以吸收。然而王魁終於在考慮了自己目前所處的情勢後，想自己既已入贅相府，又怎能再反悔？因此只有毅然地拒絕桂英。衡諸情理，王魁如此做也無可厚非，但作者為了醜化王魁這種負心薄倖之人，似乎光是寫他負心還不夠，還要寫他欲殺桂英，這樣才能顯出其醜惡的面目。如此一來，觀眾對王魁此一人物便恨之入骨，轉而同情桂英。宋元筆記中的王魁，雖然也是一個負心漢，但其情可憫，觀眾對於他多少還帶著一點同情，可是到了川劇〈情探〉出現後，不但連一點同情都沒有，甚至還會痛恨他呢！趙熙〈情探〉可以說就是依著「美化桂英，醜化王魁」這樣的方向來進行改編的。由於它成功地塑造了王魁作為一反面角色的形象，影響所及，此後許多王魁戲的改編也都不脫此一模式。如田漢《情探》更處處以伏筆的方式透露出王魁讀書只為求功名利祿的想法，〔註3〕讓王魁那種貪圖名利的性格更加突顯。

三、次要人物的突顯

　　王魁故事在人物塑造上的成就，除了表現在主角王魁和桂英身上，同時也表現在像金壘、王忠和張行簡這一類次要的角色上。

（一）金　壘

A、無──筆記小說話本中均無金壘此一人物

B、金壘（姓金名壘，字日富）──明傳奇《焚香記》

C、金蕊──梨園戲《王魁》中為「金蕊」，並言桂英之父被金蕊之父所
　　　害，桂英被親戚拐賣煙花路，金蕊要收桂英為偏，桂英至死不從。

　　金壘在《焚香記》中是個十足的反面人物，要不是他從中破壞，桂英也不致自殺。他在《焚香記》的行當中屬於「淨」。在明傳奇《焚香記》中，金壘可

───────────────

〔註3〕越劇《情探》第二場〈伴讀〉中王魁即已透露出他的性格，他說：「十年窗下
　　　無人問，一舉成名天下揚。一旦做了官，可就什麼都有了，那還會為的是什
　　　麼呀？」可見其日夜苦讀所為只是求取榮華富貴而已。

說是一個不可或缺的重要人物，因為他擔任了換書的重要功能。少了他，劇情便無法推展下去。

到了後來的改編本中，金壘已不再具有換書的功能了，因此不少改編本便將金壘此一人物刪除，例如越劇《情探》、俞大綱《王魁負桂英》、席明眞《焚香記》、豫劇《王魁負桂英》、朱禧《焚香記》、丁振遠《焚香怨》等改編本中均刪除了金壘此一角色。但仍有若干改編本藉著類似金壘的角色來發揮其他功能，例如《青絲恨》中改以柴品三代替金壘，不過其功能不再是自己去向桂英逼婚，而變成是替錢衙內和桂英牽線的媒人。田漢京劇《情探》則於第五場中安排金壘欺負桂英，王魁英雄救美，促成王魁與桂英的相識，也種下了彼此的情緣。又如《沉海記》中的顏公子，還擔任了慫恿王魁接受入贅那臨門一腳的功能。綜言之，金壘此一反面角色在近代改編本中，雖然名字可能改變，但其行為模式大體而言是固定的，他通常是一反面人物，因垂涎於桂英的美色，使老鴇逼桂英改嫁，從而突顯桂英的貞節，並致使桂英收到休書後無退路可走。這基本上還是沿襲了《焚香記》中金壘的形象。

（二）王魁的僕人

A、無或不重要——梨園戲、明傳奇《焚香記》、朱禧《新編焚香記》

B、王忠——田漢《情探》、越劇《情探》

C、王中——京劇《義責王魁》、丁振遠《焚香怨》

D、王興——俞大綱《王魁負桂英》

E、王福——《青絲恨》

F、惡僕韓興——川劇《紅鸞配》、川劇《情探》

由京劇《義責王魁》中，我們發現：王魁身邊的僕人也可以從一個不重要的地位轉變為戲中的主角。王魁的僕人大致上可以分為三類：一是普通、平凡的僕人，對劇情影響無足輕重者；二是忠義型的僕人，會責備王魁不該見異思遷者；三是惡僕，會從中挑撥，唆使王魁負心者。上列A屬於第一種；B、C、D、E雖然名字不同，但皆有責備王魁的情節，故均可視為第二種義僕類；至於F自然非第三種莫屬了。由上看來，義僕的類型最早當是在田漢的手中創造出來的，而之後創造得最具特色且成為劇中主角者，即是由呂仲編劇，周信芳演出的《義責王魁》。周信芳飾演王中一角，在得知王魁負心後前去指責王魁。這種突出原劇次要角色的改編手法相當特別，同時也使得《義責王魁》一劇在眾多王魁改編戲中能獨樹一幟，與眾不同。此外，丁振遠《焚

香怨》將王中的叱責王魁安排在桂英鬼魂來至王魁府中之時，桂英先藏匿一側，王中前去斥責王魁，待王魁說要將王中、秋霜（桂英之婢女）吊在西廊重刑拷打時，桂英方出來活捉王魁。這是將僕人「義責王魁」與桂英「活捉王魁」合併在一起，如此一來雖然比較緊湊，卻在必須二者兼顧的情況下，削弱了原本各自單折存在時的氣勢。

（三）王魁中舉後的說媒者

A、未言及媒人──筆記小說、話本

B、有媒人但無姓名──明傳奇《焚香記》

C、媒人為張行簡──田漢《情探》、越劇《情探》

D、媒人為白行簡──《義責王魁》、丁振遠《焚香怨》

媒人本是一個無足輕重的角色，不論有沒有都不影響王魁故事的發展。例如在筆記和話本中便根本沒有提到這個角色。可是只要經過劇作家的精心安排，任何一個原本不重要的角色，都可能發生重要的作用。例如明傳奇《焚香記》中，作者王玉峰為突顯王魁不拒權勢，辭婚守義的性格，才安排了媒人說親這一齣戲。之後的王魁戲，由於回復到早期的負心結局，因此王魁在這齣戲中必定會答應丞相女兒的婚事，有的作品便乾脆連媒人也不要了，讓丞相自己去說媒。（如川劇《情探》和京劇《活捉王魁》）總之，演出此齣的目的變成只是為了要交代劇情。

到了田漢手中，他創造了張行簡此一人物作為說媒者，既然創造一個新的人物，自是有其作用，而張行簡的作用即在於突顯王魁在面臨誘惑時的複雜心情。透過張行簡與王魁的對話來表現出此時的王魁，他心裡究竟在想些什麼？他為何會在拒絕了韓大人女兒的說親後反過來卻答應張行簡？這其中他做了哪些考量？凡此種種，皆透過張行簡對王魁的勸說中傳達出來。因此，張行簡此一人物可說也是在田漢手中創造出來的，由後來的改編劇中仍出現此一人物，便可得知：此一人物的創造的確對後來若干改編本發生過影響，只不過有的作品將「張行簡」改成了「白行簡」。

第二節　舞台效果的表現

上一節說明了王魁故事在人物塑造上的成就，本節將改由戲曲的舞台演出效果此一角度來探討王魁故事的藝術成就。既然是舞台演出，自以戲曲作

品為限，茲舉〈接書〉、〈陽告〉、〈行路〉、〈情探〉四折來說明。一來這四折的舞台演出皆具有良好的戲劇效果，同時流傳也較廣；二來這四折中除〈行路〉外，皆是王魁戲劇情節發展上的重要關鍵。

一、接　書

由第三、四章對王魁故事發展的敘述可知，桂英得知王魁負心的方式有二：一是桂英僕人送家書給王魁，遭王魁扯破，並被打離廳，於是僕人回去向桂英稟告。二是王魁寄休書給桂英。兩段情節的結果雖然都是達到讓桂英得知王魁負心的事實，但是演出效果上卻不相同。今日除梨園戲《王魁》外，大多數劇種皆以後者的方式演出，以表現桂英在書信未拆之前充滿期待的喜悅之情，及至得知乃係一紙休書時，情緒上頓時急轉直下，與之前的喜悅形成強烈的對比。雖然第一種以家僕回來傳報的方式，亦能達到令桂英由喜轉悲的效果，但因家僕的吞吞吐吐，不敢直言，早已顯露出破綻來，而教桂英仍渾然不覺地兀自沈陶在自己的幻想中，未免顯得桂英太過愚蠢。

原本明傳奇《焚香記》是因為考慮到王魁並未真的負心，才想到以金疊換書，使桂英收到假休書，誤以為真而自殺，對於這樣的安排，趙景深曾批評道：

> 〈陽告〉一齣雖極動人，但觀者一想到王魁并未負心，便未免以為桂英不該遽信以為真，說她帶了三分傻氣了。（〈王玉峰的《焚香記》〉，收入氏著《中國戲曲初考》）

事實上，就劇情的安排來說，這段情節並無不合理之處，趙景深的批評恐怕不能成立。

後來的改編戲雖然又回復到王魁負心的結局，但受到《焚香記》影響，桂英始終是以收到休書的方式，在舞台上表現出她突然間由喜轉悲的戲劇效果。

二、陽　告

流行於戲曲舞台上的王魁戲，其中一折經常被獨立演出的便是〈陽告〉（又稱〈打神告廟〉），這是自元雜劇《王魁負桂英》以來即有的情節，明傳奇《焚香記》目前保留在崑曲中的折子有二，即：〈陽告〉、〈陰告〉。〈陽告〉即原《焚香記》中第二十六齣〈陳情〉，係桂英未死之前在海神廟的控訴，此折後來也被許多地方劇種以折子戲的型態演出。〈陰告〉即二十七齣〈明冤〉，敘述桂英死後鬼魂向海神投訴，較少單獨演出，不過卻是全本戲中貫串劇情不可或

缺者。〈陽告〉描寫桂英在收到王魁休書後，獨自前往海神廟哭訴，請海神為她主持正義的一段情節。這在舞台演出時，係桂英的重頭戲，其間經過不少藝人的加工，大量運用水袖功、跌撲功，〔註4〕是很吃重的表演。

　　此外，藝人在舞台表演時也不忘嚴肅中帶點嬉鬧，像臺灣演出本的川劇《情探》，其中便在排子、皂隸被桂英打了之後，加入一段較詼諧的表演方式，例如排子在被桂英打後唱道：

> （唱）此婦人太無禮，（重句）進廟來把吾相欺。我在這海神臺前算老幾？我怎敢越級報告向他提？王魁負義不要你，上京找他去扯皮。不該把我來出氣，我才有點不信邪，你是婦道人家我原諒你，休再抱怨海神爺，倘若住持知道你，問你個豈有此理。（劉振魯輯，《當前臺灣所見各省戲曲選集》上冊，頁67）

而皂隸甚至詼諧地說道：

> 最高法院在京師，按鈴申告靠自己，面告不必請律師。……立監兩院可請願，委員們都是我們民選的。……婦聯總會更要保障你，……最好你能上電視，國法民意對妳尤為有利的。……（同上）

在排子和皂隸說完上述的玩笑話後，桂英仍是像未聽到一般，只說「與他們徒談無益」，可見排子與皂隸的話是只說給觀眾聽的。像這樣把現代生活中才有的事物加進來插科打諢一番，以取悅觀眾，但並不影響劇情的例子在其他戲曲作品中也有，通常這些內容都是藝人自己加入的。可見在戲曲舞台上，藝人的加工對於舞台演出效果具有直接的影響力。

　　另外，由於梨園戲沒有「打神告廟」一段情節，使桂英在得知王魁負心，同時受金蕊嘲笑後，便馬上憤而自盡。相形之下，梨園戲桂英自盡動作似乎太快，也因此未能充分展現其赴死前的心情，反而要等到自殺之後，桂英鬼魂〈走路〉之時才道出其滿腔悲憤。

三、行　路

　　越劇〈行路〉一折係田漢 1957 年後新寫的，早期京劇《情探》中並無此

〔註 4〕有關〈打神告廟〉的表演藝術可參見張虹〈戲與技的結合——談《打神告廟》的表演〉、李德富〈我在《打神告廟》中的水袖藝術〉等文章。又如車文〈看《焚香記》所想到的〉一文中提及〈打神告廟〉中運用水袖的技巧包括：甩袖、投袖、抓袖、抖袖、肩袖和轉袖。

折，1950 年傅全香演出《情探》時，也無此折，然而經過田漢的創作加上傅全香在表演上所下的功夫，「〈行路〉現在已成爲越劇最優秀折子戲，是傅派弟子學藝傳教保留劇目。」（傅駿越劇《情探》錄音帶歌詞前言）據悉：「這折戲載歌載舞，有大段唱工和優美的舞姿。」（徐進〈傅全香的藝術魅力〉）在歌詞上則「對照著地圖，寫下了桂英由萊陽到汴京找王魁的一路景色」（王安祈〈有關梨園戲《王魁》劇本研究的幾點補充和疑問〉，頁 69），藉景抒情，以達到情景交融的境界。傅全香更「在唱腔上增加了感人的弦下調，以體現敫桂英的痴情和怨情。」（同上）此齣末了更點明「情探」的意義，言明「他（王魁）若還有人性在我（桂英）情願收回。」這樣的安排，使得兩齣高潮戲〈陽告〉和〈情探〉間有一個緩衝，也把「以情探之」的意義做了清楚的交代。之後像朱禧崑劇《新編焚香記》第五場〈行路〉和豫劇《情斷狀元樓》第八場均沿襲了此齣的手法。

　　而梨園戲、莆仙戲中所特有的〈走路〉也是以桂英鬼魂前去尋找王魁的一齣戲，不過田漢所安排的〈行路〉是判官與桂英鬼魂一同前往，而梨園戲《王魁》中的〈走路〉，則是只有桂英一人前往，是桂英的獨腳戲，有大段唱工，不過其內容與田漢歌詞完全不同，梨園戲〈走路〉一齣唱【倍工】珠淚垂、【沙淘金】來到陰山等曲，歌詞內容主要仍是訴說王魁可恨之處及沿路的冷清難行，一邊回憶一邊咒罵王魁。不過此齣安排在〈上廟〉之前，似乎又與桂英說「冤魂直到徐州府」相矛盾？既說要「直到徐州府」捉拿王魁，下一場卻來到海神廟訴冤，中間似乎銜接地不是很好。

四、情　探

　　在趙熙《情探》未出之前，王魁戲曾一度以最後一折〈活捉王魁〉著稱。然無論是〈活捉〉或是〈情探〉都是劇情發展最高潮處，在舞台表演上可以有相當大的發揮。以王魁故事的發展來看，活捉王魁的結局是早在宋元之時即已有之，直到王玉峰《焚香記》中也仍有桂英鬼魂前去捉拿王魁的情節（〈折證〉），到了川劇《紅鸞配》其中的〈陽告陰告〉一折同明傳奇《焚香記》一樣，安排桂英在向海神控訴之後，以羅帕自盡，然後便前去向王魁尋仇。不過此時的演出，故意渲染其鬼戲氣氛，弄得恐怖駭人以給予觀眾耳目之娛。易征祥曾說：

　　　　老本《活捉王魁》……表演上形象恐怖、糟粕很多，特點是強調在
　　　　演出上強烈刺激觀眾感官的效果，可以說是有點「麻、辣、燙」。過

去「搬目蓮」主要是在鄉間演出，觀眾多是沒有文化的農民，容易
接受這種演法。（〈憶康子林演《情探》〉，頁30）
同時他又說：

當時認為這是鬼戲，氣氛應濃烈些。現在看來，似覺凶神惡煞了，
不那麼美了。趙堯生的《情探》一出來，《活捉王魁》就很少演出了。
大家都認為《情探》格調高，文詞典雅優美，人物形象鮮明。《情探》
是陽春白雪，《活捉王魁》是下里巴人。從此，《活捉王魁》便被打
在「陰山背後」，很少人問津，極難在川劇台上出現了。（唐思敏整
理、易征祥口述〈關於川劇《活捉王魁》的表演〉）

《情探》之所以能取代傳統的《活捉王魁》，除了上文所提及的：「文詞典雅
優美」和「人物形象鮮明」外，加強人物內心的刻劃，從人性的幽暗面入手
深化其主題思想也是很重要的因素。由於〈情探〉一折的增加，使得〈活捉
王魁〉的演出不再那麼陰森恐怖，也不再單純地以技藝取勝，而是加強刻劃
王魁與桂英二人之間的內在感情，並使得王魁的性格得以充分發揮，使觀眾
清楚地認識他。在〈情探〉裡，王魁表現出一方面貪圖富貴，一方面在面對
桂英的痴情時又有些遲疑，良心與慾望交戰著，衝突著，使得戲劇性更加強
烈。這樣的改編使觀眾更能受到感動。因此，〈情探〉一折在後來也被其他改
編本所繼承，例如田漢《情探》和俞大綱《王魁負桂英》均有之。

　　當然，除了要有好劇本外，還要有好的舞台表演藝術去實踐，這一點便
大多仰賴藝人本身的鍛鍊與加工了。例如陽友鶴演出《情探》中的焦桂英，
之前他花了許多時間觀摩前輩與同輩的演出，而後經過自己對劇情、人物深
入的思考後，做出如下精心的安排：

焦桂英上場不是先現面孔，一下子衝向觀眾，而是以袖遮面，用腳
尖走「風步」，雙手挽著特長的白綾，從頭經背垂拖在地，飄然而上，
動如風，行如煙。這表現了陽老師（陽友鶴）深厚的台步功夫，而
且很有幽靈之感，又未過分渲染「鬼氣」，完全不同於有的演員一出
場便給人陰森、恐怖之感。（〈記陽友鶴演焦桂英〉）

又如他安排「當焦桂英看到王魁書案上的狀元帽時，用『快步』急走到書案，
雙目閃著高興的光，仔細端詳這象徵富貴的狀元帽，」頓時忘了自己已經是鬼
了。（同上）這是藝人根據自己對劇本的理解，將文字化為形象的表達，這種改
編基本上仍是建立在劇本的基礎上，它並沒有改變人物性格或是更改劇情，而

是在既有的基礎上進一步去加強人物性格或心理的描寫。但作家所能達到的只是劇本上的文學成就，至於舞台表演上的成就就得靠藝人的創造發揮了。

第三節　劇本改編的成就

　　由第四章的討論中得知：近代王魁戲中較具影響力之作品當屬明傳奇《焚香記》、趙熙《情探》和田漢《情探》三部。因此以下即分別就這三本改編劇作一評論。

一、明傳奇《焚香記》

　　王玉峰改編的《焚香記》由於其主題完全改變，王魁變成和王十朋一樣，是辭婚守義之人。而為了安排桂英對其產生誤會，就無可避免地加上「金壘盜書」一節。雖然如此，原本王魁戲中的主要部分，即桂英接書後的憤而自盡，向海神廟投訴及活捉王魁等情節，仍被保留在《焚香記》中成為〈陳情〉、〈明冤〉、〈折證〉，後來崑曲場上流行將〈陳情〉稱為〈陽告〉，〈明冤〉稱為〈陰告〉，這兩折一直流傳到今日。

　　或許《焚香記》的作者在改作此劇時便已考慮到觀眾心理，他知道觀眾對這部分劇情的熟悉與喜愛，故這部分絕不能刪去，因此才設計出以「換書」來造成誤會。可惜換書的手法已被使用太多，形成一種格套，故難以引起共鳴。如《焚香記・總評》便說：

> 此傳大略近於《荊釵》，而小景佈置，間彷《琵琶》、《香囊》諸種。
> ……獨金壘換書，及登程，及招婿，及傳報王魁凶信，頗類常套，
> 而星相占禱之事亦多。

劇情與《焚香記》雷同的《荊釵記》，早在元末明初時即已出現，明人王世貞將《荊釵》排名僅居《琵琶》、《拜月》之下，云：「《荊釵》近俗而時動人。」（《中國古典戲曲論著集成・四》，頁 34）可見評價之高。又呂天成將其列為「妙品」，說它：「以真切之調，寫真切之情，情文相生，最不易及。」（《中國古典戲曲論著集成・六》，頁 224）。既然在此之前，已有一劇情接近，且又聲名大噪的《荊釵記》存在，除非《焚香記》有特別創新之處，否則便容易陷入前人的窠臼中。趙景深便批評《焚香記》：

> 第二十齣〈托寄〉寫王魁想找一個賣登科錄的到萊陽去，托他帶信

給桂英，偏偏一出門就找到，未免太巧。

第二十二齣〈讒書〉寫金壘想換掉王魁的信，偏偏一出門就遇到賣
登科錄的那人，也未免太巧。（趙景深〈王玉峰的焚香記〉，收入氏
著《中國戲曲初考》）

其實趙氏的批評未必合理，因為巧合在中國戲曲中是一種常見的手法。更有
甚者，梁廷枏《曲話》說《焚香記》為有意剽襲《荊釵記》之作：

《焚香記‧寄書》折，關目與《荊釵記》大段雷同，金員外潛隨來
京，孫汝權亦下第留京，一同也；賣登科錄人寄書，承局亦寄書，
二同也；同歸寓所寫書，同調開肆中飲酒，同改寫休書，無之不同，
當是有意勦襲而為之。（《中國古典戲曲論著集成‧八》，頁 277）

雖然《焚香記》未必真有勦襲《荊釵記》之意，但是《焚香記》以金壘換書
來為王魁翻案，顯得太落俗套，而觀眾可能也早已厭倦了這種陳舊的手法。
再加上王魁負桂英的故事自宋元以來便廣為流傳，人們對於負心王魁的印象
早已根深蒂固，不容易被扭轉過來，到此時（明嘉靖、萬曆）想再來替王魁
翻案，除非賦予新的時代意義，〔註5〕否則不易成功。例如趙景深便批評道：

從根本上講把王魁負心硬要翻案為王魁不負心，把悲劇改成喜劇，
也是極其無聊的。（趙景深〈王玉峰的《焚香記》〉，收入氏著《中國
戲曲初考》，頁 198。）

而青木正兒和譚正璧也都不約而同地批評《焚香記》為王魁翻案的安排。青
木正兒說：

打消背約事實，使之重圓，是雖出于傳奇常套，反減殺悲劇之興味
焉。（《中國近世戲曲史》，頁 278。）

譚正璧則說：

以魁之負心，歸之於奸人之挑撥，而以團圓作結，變悲劇為喜劇，
不及宋元舊作多了。（《話本與古劇‧〈武林舊事〉所錄宋官本雜劇內
容考》）

看樣子，《焚香記》的結局安排是遭人詬病的。不過不只是《焚香記》如此，

〔註5〕 不同的時空背景下，同樣的事件可以有不同的詮釋。例如現代川劇作家魏明
倫所寫《潘金蓮》（劇本收入魏明倫《苦吟成戲》）一劇，以跨越時空的各種
觀點重新詮釋潘金蓮此一人物，便得到不少共鳴。這便是由於此劇已包含了
現代的女性意識在其中，具有時代意義。

凡是明傳奇中習以爲常的大團圓結局一般評價均不佳，尤其在大陸上更被認爲是封建思想，因此嚴厲抨擊王玉峰將王魁改爲不負心的結局。但若將明傳奇《焚香記》時還原至當時的時代背景之下，並考慮一下觀眾看戲的心理，就不難發現大團圓結局其實是觀眾心理所渴望的，即使在今日也不例外。因此劇作家爲了迎合觀眾，也不得不作如此的改變。而《焚香記》在人物刻劃上則具備了美化讀書人形象之功。它所描寫的王魁是個相當正面的人物，即使相較於其他傳奇中的生角也毫不遜色，甚至形象更加美好！如《琵琶記》中的蔡伯喈太儒弱無能，《西廂記》、《牡丹亭》裡的張生、柳夢梅又太好色，而《焚香記》中的王魁卻不似傳統戲曲小說中的書生那般文弱、好色，而似乎是作者心目中理想的知識份子的形象，他辭婚守義，又允文允武，既能寫得一手好文章，又能在沙場上運籌帷幄，面對丞相招親的壓力能斷然拒絕，這樣一個讀書人豈不是堪稱模範！可惜作者雖然有意將之塑造爲如此美好的形象，怎奈不爲大眾所接受？

相形之下，同樣屬於翻案劇的《琵琶記》卻能打動人心，其原因可能有三：一、《琵琶記》距離其故事前身之《趙貞女與蔡二郎》時代較近，欲扭轉其形象還比較容易。二、《琵琶記》中蔡伯喈之負心行爲仍然存在，蔡伯喈的負心形象並未遭到完全的扭轉，民間仍流傳「無情無義崔君瑞，不忠不孝蔡伯喈。」〔註6〕之說。三、《琵琶記》的改編富有其時代意義，主題明顯，它將負心的原因歸究於整個社會價值的取向，同時表現出知識份子處於政治權力下的無奈。這些都是《琵琶記》成功的原因。

而《焚香記》在表現「辭婚守義」的主題和造成誤會的安排上，都被視爲《荊釵記》翻版，因而便顯得缺乏創意。桂英的死後還魂，和老鴇的逼迫改嫁，也都是傳奇格套。惟一具有特色者便在於桂英接到休書，赴海神廟陳情，及捉拿王魁等齣，而這些正是今日仍繼續流傳於戲曲舞台的菁華，也正是《焚香記》的成就所在。除因其爲戲劇高潮所在外，曲文妥貼亦是致勝要訣。如《焚香記・齣後總評》便誇獎其：「曲白色色欲眞，妙手也！詞壇有此，稱化工矣。」（第九齣）

至於穿插種諤一線，由於縫合不密，便覺可有可無，充其量只是能夠增加一些熱鬧的武打場面罷了。趙景深便評道：

〔註6〕陸萼庭《崑劇演出史稿》：「民間流傳俚語對句說：『無情無義崔君瑞，不忠不孝蔡伯喈。』」（頁156）

自第三十齣〈回生〉後，已經折證辯非過了，本可團圓，偏要無風作浪，串些武戲〈驅敵〉、〈滅寇〉、〈軍情〉、〈收兵〉之類，勉湊四十齣，實在無聊。（趙景深〈王玉峰的《焚香記》〉，收入氏著《中國戲曲初考》，頁 198。）

總而言之，《焚香記》因未能勇於突破前人窠臼，嘗試創新，以致其成就終究有限。

二、趙熙〈情探〉

盧前《明清戲曲史》中嘗言：「余往在蜀，嘗聽高腔，其名劇曰《情探》者，康伶子林所擅長者也。譜王魁負桂英事。……相傳出榮縣趙熙手筆。」（頁106～107）趙景深亦說過：「今川調尚有《王魁負桂英》，極有名。」（〈王玉峰的《焚香記》〉，收入氏著《中國戲曲初考》，頁 199。）由第四章的論述中亦可得知：趙熙《情探》一劇曾對近代王魁戲的改編有過重要影響。

據悉：趙熙《情探》原有四折，由周孝懷分別定名為〈誓別〉、〈勸休〉、〈牒告〉、〈情探〉四折，[註7] 但其後只存〈情探〉一折，其餘三折逐漸失傳。而其改編動機係因光緒三十二年（1906）某夜趙熙留住貢井，並觀賞了《活捉王魁》一劇，據聞：

> 當夜演出的《活捉王魁》，堯老（趙熙）觀後認為：「把焦桂英扮成披著頭髮，帶著紙錢的凶悍形象，一見王魁就逮，王作匍匐乞憐狀。這既不能反映桂英的善良性格，也不能暴露王魁的醜惡面貌，有失詩人『溫柔敦厚』之旨，如果把桂英寫得越是多情，就越能反襯王魁的無義。」（〈趙熙寫作《情探》始末〉，頁 37）

加上趙熙又認為「老本《活捉王魁》的曲詞……詞語冗贅而少文彩」，因而促成了他改編的動機。

趙熙改編《情探》後，首演是在胡慎怡堂，以木偶戲演出，之後劇本逐

〔註 7〕關於趙熙所作之劇目及其四折之齣目，分別有不同的異稱。劇目上，異稱如：《改良活捉王魁》（冬尼〈川劇作家趙熙及其《情探》〉，頁 156）、《焚香記》（程梅笑《王魁戲考論》，頁 16）、《情探》（〈趙熙寫作《情探》始末〉，頁 38）。齣目上，有云：誓別、聽休、哭訴、情探四齣者，（冬尼〈川劇作家趙熙及其《情探》〉，有稱：誓別、靈休、冥判、情探四折者，（程梅笑《王魁戲考論》，頁 17），亦有稱：誓別、勸休、牒告、情探者，（〈趙熙寫作《情探》始末〉，頁 38）。其中以〈趙熙寫作《情探》始末〉之敘述較詳細，故本文以此說為主。

漸向各處流傳，在成都即由三慶會著名的戲聖康子林和名旦劉世照合演。

《情探》的特殊處係在原故事的架構上增加桂英鬼魂對王魁「以情探之」的情節，人物性格的描寫更深入，使王魁負心此一事實更毋庸置疑，確定王魁無情後，再進行「活捉」。在觀眾看來，認為王魁罪有應得，便達到大快人心的效果了。程梅笑《王魁戲考論》即言：

> 「活捉」之前的「三探王魁」〔註8〕一改以往的簡單報復，將愛恨交織於桂英，將矛盾痛苦賦於王魁，以「情」字統略全篇。這也正是川劇《情探》比之以往劇作的最根本的進步。（頁 17）

而優美的文詞更是趙熙《情探》的一大特色。如一開始王魁所唱【月兒高】一曲：

> 更闌靜，夜色哀，月明如水浸樓臺，透出了凄風一派。

可以看出其文辭是經過修飾的。

此外，康子林等演員在表演方式上的加工，也促使這齣戲在舞台上具有動人的演出效果。由〈憶康子林演《情探》〉一文中可以看出康子林對於飾演王魁此一人物所下的功夫，從他對《情探》劇本中王魁此一人物的理解到如何具象地將這種性格透過舞台表演呈現在觀眾面前，尤其是在許多內心戲的部分如何去表現，他曾深入思考過。例如康子林說王魁在面對桂英情探時，身體是不能動的，他認為「一動就失去了王魁自矜的狀元身分和王魁此時那種內心愧疚卻又強自鎮定，故作傲然姿態的心理。」（〈憶康子林演《情探》〉，頁 32）可見演員在一齣戲中所佔的重要性。

趙熙〈情探〉可說奠定了近代王魁戲結局的基礎，此後的王魁戲大多循此一脈絡而下，以先情探、後活捉的方式作為結局。至於其他三折的失傳，究竟是何原因？就不很清楚了。

三、田漢《情探》

田漢對於《情探》的改編分別有京劇與越劇兩本。第一次的改編係 1944 年作於昆明，〔註9〕編成二十七場京劇，1945 年 9 月由四維兒童劇團在曲靖首

〔註 8〕參見程梅笑《王魁戲考論》，頁十七。文中指出：「一探王魁，桂英願減十年之壽，以求『菩薩保祐郎君安好』……再探王魁，……保祐他（王魁）『文章合派』……三探王魁，桂英做出了最後的讓步，只求『偏房自在』」。

〔註 9〕此處乃據《田漢文集・卷九・說明》。另《田漢年譜》中則將此一創作時間編入 1945 年夏。

演。(《田漢年譜》,頁 357)第一次的改編據田漢自己說:

> 我的《情探》竭力反映了當時歷史背景,想給王魁桂英的悲劇一些必
> 然性,同時削去此劇的神怪氣氛,便成為單純的人情劇,因而川劇《情
> 探》王魁以桂英為人實為鬼,我的《情探》王魁初疑桂英為鬼而實人。
> 再則川劇《情探》桂英只以願為妾婢試探王魁,本劇則桂英除作上述
> 試探外,更誠懇地勸其退金壘黃金為民除害,為其復仇。(載 1946 年
> 8 月 29 日北平《新民報·天橋》,轉引自《田漢年譜》,頁 381)

田漢在第一次的編劇中安排桂英至海神廟哭訴後即被廟祝趕了出來,一個人
在海邊遊蕩時失落了弓鞋,以致於家人均以為她已投海自盡,事實上桂英卻
是走到黑松林欲自盡之時被俠士劉耿光所救,劉耿光即帶著桂英前去尋找王
魁。第一次的改編為第二次的改編奠立了基礎,其中如王魁一開始的落魄,
桂英被姊妹們嘲笑,及描寫桂英對王魁的一往情深等情節在第二次改編時仍
被保留下來。同時由本章第一節中也可得知:田漢《情探》在人物性格之塑
造上具有一定的成就。如他所創造出義僕王忠的忠義、媒人白行簡的詭詐等,
人物刻劃細膩,後來也被其他劇種所沿用。

　　然而,田漢第一次的改編還不能稱得上十分成功,其缺點包括:一、分
場太多,太過瑣碎。二、略嫌冗長,不夠精簡。三、欲在愛情的主題上加上
正義的主題,結果難免造成主題偏離。四、對劉耿光一角的交待不夠,以其
在劇中兩度出現解救桂英之重要性,似乎應對此一人物著更多筆墨。但只見
他總是適時地出現解圍,其身分卻曖昧不明。

　　第二次的改編即 1957 年田漢為越劇《情探》改寫〈陽告〉與〈行路〉兩
場戲,在此之前的越劇改編本係由安娥女士所作。〔註 10〕關於〈行路〉一折
之特色,本章第二節中已曾述及。而越劇《情探》分為七場:廟遇、伴讀、
離別、說媒、陽告、行路、情探,較之第一次改編之二十七場京劇顯然已精
簡很多,主題也集中在桂英與王魁的愛情上,劉耿光一角也已刪除,大致上
已擺脫了第一次改編上的缺點。經過上海越劇院傅全香與陸錦花的合作演
出,使得《情探》也成為越劇劇目中較著名者。

〔註10〕參見第四章註 4。

第六章　王魁故事傳播的媒介形式

　　「一個故事的題材可以充當一部芭蕾舞劇的劇情；一部長篇小說的題材可以搬到舞台或銀幕上；一部電影可以講給沒有看過的人聽。一個人讀到的是文字，看見的是形象，辨認的是姿勢，而通過這些，了解到的卻是一個故事，而且可能是同一個故事。」〔註1〕換言之，一個人對於王魁故事的認識可能來自於電視劇，也可能來自於電影，也可能來自於豫劇，甚至也可能來自於他人的敘述。但無論他透過何種形式，他所了解到的都是王魁故事。儘管這些王魁故事的內容可能不盡相同，不過其中一定有某些特別重要的質素是相同的，且足以令人辨識出這個就是王魁故事。經過歸納發現：王魁負桂英故事的最基本要素有下列四點：

　　1、故事中男主角稱作王魁，一開始是個落第書生。

　　2、女主角名桂英，與王魁相識時，身分為妓女。

　　3、故事中王魁必然赴舉高中，且一定有高官前來議親。

　　4、故事中桂英一定會得知王魁負心的消息，且會相信，並憤而自殺。

　　在目前所發現的王魁故事中大體上皆能具備這四點基本要素。第五章中對王魁故事內容上的改變，包括情節、人物等的處理，做過一番討論。本章將換另一角度，由形式上的不同出發，藉此一角度來看出王魁故事的變化。將著重討論不同的傳播媒介形式（如：筆記、小說、話本、戲曲、說唱……等）在表達同樣的故事內容時，會產生什麼樣不同的變化？

〔註1〕 此為法國文學評論家布雷蒙德（Claude Brémond）所言，轉引自里蒙‧凱南
　　　《敘事虛構作品》（北京：三聯書店，1987年），頁1。

第一節　韻文與非韻文

一、《類說·王魁傳》與《雲齋廣錄·王魁歌》

就王魁故事發展初期來看，有韻文與非韻文兩種形式的表述，韻文體即李獻民《雲齋廣錄》中之《王魁歌》，全文爲七言詩體；非韻文體則可以曾慥《類說》所引《王魁傳》爲代表，雖然《王魁傳》中並非全爲散文體，其中仍雜有若干詩句，不過此處分類茲以其主要表達形式而言。

一般而言，韻文體由於字數、平仄和押韻等的限制，在敘述上爲了配合這些限制，可能會有敘述不完整之缺點。至於非韻文體則由於沒有上述的限制，在敘事上可以比較充分。以《王魁歌》和《王魁傳》二者來看，《王魁傳》的敘述完整，對於整個事件的來龍去脈交代清楚明瞭。而《王魁歌》雖然在某些細節上描寫深入，但就總體而言，其故事敘述並不十分完整，在不少情節上還留存了若干空白、模糊之處。例如在《王魁傳》中明言王魁與桂英兩人臨別前在「海神廟」盟誓，但《王魁歌》只說：

> 人生樂極多悲來，還就虛祠結盟誓。

究竟《王魁歌》中所謂之「虛祠」是否指的即是「海神廟」？不可得知。但它有可能是爲了符合七言詩的體製要求，而對於故事中的某些專有名詞作些許的調整，以配合其平仄、押韻。而非韻文體的《王魁傳》在創作時則不需作此考慮。

又如《王魁傳》中言「魁父約崔氏爲親」，這在《王魁歌》中也未提及，但這究竟是否表示《王魁歌》當時流傳的王魁故事尚無此一情節，抑或是《王魁歌》在敘述上有意或無意的遺漏？實難判定。

雖然《王魁歌》在整個故事的敘事結構上略嫌不足，不過它在某些情景的描寫上卻是《王魁傳》所不及者，例如它花了不少篇幅描寫王魁與桂英分別時的情景：

> 亭皋祖帳揚秋風，丹誠寂別禪感通。徘徊入暮不能去，良宵繾綣情
> 何窮。
> 臨行更祝東歸早，後會夤緣恐難保。曾占異夢定非祥。從君未必能
> 偕老。
> 良人乍聞疑且驚，□非木石安無情？誓言皎日神所監，況我與子非
> 要盟，

離愁別恨滿肌骨，月斷飛黃騰滅沒。一鞭行色縱長途，萬里秋風飛
健鶻。

歸來滿目西風酸，嬌波淚落揮汎瀾，朝來暮去朱顏削，香肌漸覺羅
衣寬。

沉沉夜永青釭滅，腸斷羅幃夢雙閧。憶將桃臉笑春風，忍把娥眉皺
秋月。

《王魁歌》充分地表現了桂英與王魁二人臨別之時依依難捨之情，然而筆記
體的《王魁傳》在此對於兩人分別時的離情卻不發一言。

　　同一事件的敘述，《王魁傳》的敘述簡明扼要，例如桂英鬼魂前去尋找王
魁時，只說：

魁在南郡試院，有人自燭下出，乃桂也。魁曰：「汝固無恙乎？」

《王魁傳》只用了二十二個字敘述這段情節。再看《王魁歌》對這段情節的
敘述：

神鞭鬼馭無遺□，髻鬌虛空馳繡帟。朱門深處下雲軿，暗度疏簾郎
未諳。

停停燭影搖新粧，依俙麗質飄紅裳。禮闈深邃人跡絕，爾曾無恙來
何方？

一共用了八句七言詩來描寫，同時在用字遣詞上亦頗有文采，並運用了豐富
的意象：夜深人靜的豪華宅院，陰風颯颯，燭火若明若滅，燈影下立著一位
著紅裳的佳麗，廳堂四下無人，輕問一聲：「近來可好？妳打那兒來？」。像
這樣的描寫，相當富有文學性，使故事顯得更加生動逼真。這種效果在小說
中應該也可以達到，不過《王魁傳》在性質上屬於筆記小說，〔註2〕由於其簡
短形式的限制，因此直接限制了人物的多寡與性格的發展。細節的描繪，也
同時受到約束。〔註3〕且由於筆記小說以記錄奇說異聞為目的，不同於有意從

〔註2〕　雖然有人將類似《王魁傳》這樣的宋人筆記稱之為「宋代傳奇」，如張友鶴選
　　　　註之《唐宋傳奇選》和姚松譯注、周勛初審閱的《宋代傳奇》。但本文根據馬
　　　　幼垣對中國傳統小說的分類觀念，認為將《王魁傳》視為筆記小說較合適，
　　　　理由參見註3。
〔註3〕　馬幼垣〈筆記、傳奇、變文、話本、公案——綜論中國傳統短篇小說的形式〉
　　　　一文中對於筆記與傳奇的分別說明如下：「一個有代表性的筆記小說，由於其
　　　　簡短形式的限制，因此也直接限制了人物的多寡與性格的發展。不消說，細
　　　　節的描繪，也同時受到約束。通常來說，一篇筆記小說，不會容得下一個以
　　　　上的情節。當故事發展到高潮時，也就是接近故事結束的時候。如果對細節

事創作的傳奇，因此它花在描寫上的篇幅便十分有限。

就敘事上的表達而言，筆記小說體的《王魁傳》行文方式較韻文體的《王魁歌》敘述詳細、完整。但如就細節的刻劃和文學效果而言，則《王魁傳》較《王魁歌》略遜一籌。

二、小說〔註4〕與戲曲

不論是筆記小說或話本小說，其語言表達均以散文爲主。而戲曲雖然亦有非韻文的部分（如賓白），但其主體仍在曲文本身，故在此將戲曲歸爲「韻文」類。

李漁曾言：

> 傳奇不比文章，文章做與讀書人看……戲文做與讀書人與不讀書人同
>
> 看，又與不讀書之婦人小兒同看。（《閒情偶寄・詞采第二・忌填塞》）

這說明了戲曲與小說創作本質上的差異。小說和戲曲的共同點是：內容同樣是在敘述故事。不同的是它們的表現方式，小說是純粹的文字記載，而戲曲則是包含音樂在內的曲文和賓白，如果搬上舞台就成了有視覺、聽覺享受的藝術活動了。小說是寫來給人閱讀的，而戲曲雖然也可做案頭閱讀，但畢竟「作爲戲曲作品，必須通過舞台演出才能考驗出是否具有藝術感染力。」（徐扶明《紅樓夢與戲曲比較研究》，頁 235）其寫作仍必須以舞台演出爲考慮。例如元雜劇所存之一套殘曲，寫桂英至海神廟控訴一段，此在小說中甚少被提及，僅《醉翁談錄》中曾提及桂英聞知王魁負心後，曾同侍兒「往海神祠中」。至於桂英至海神祠做什麼？說了什麼話？小說中均一字未提。然而這段情節在戲曲中卻成爲最精采的表現，今日不少劇種中均有類似〈打神告廟〉之折子戲。〈打神〉一折痛快淋漓地表現了桂英聞知王魁負心的憤怒與怨恨，而桂英原本對神祇的恭敬也頓而轉爲斥責，相當富有戲劇張力，在表演上還可發揮各種技藝，可以收到耳目之娛的效果。

此外，又如南戲《王魁》殘曲中已出現鴇母此一人物，其說話口吻如下：

> 一、【中呂宮過曲，麻婆子，第三格】自古道痴心女，痴心大過頭。
>
> 　　自古道虧心漢，他虧心你枉自守。浪語閒言莫傷慘。（奴家不慮

〔註4〕的描寫鉅細無遺是傳奇特色之一，筆記小說在這方面就付闕如。」（收入《中國古典小說研究專集・一》）

〔註 4〕此處所言之「小說」廣泛包括筆記、話本、小說。

　　　　你何憂？）怕你吃他負，無人替你羞。

按：（　　）內應爲桂英所唱。

　二、【中呂過曲】【兩休休】

　　（桂英）：從別後萬恨千愁。橫在我的心頭。一心望那人回，在駕幃
　　　　　　　再成匹偶。

　　（鴇母）：娼妓門庭無中有。只使虛脾弄甜口。你何須苦苦癡心。直
　　　　　　　恁的添僝僽。（《南詞定律・卷六》）

南戲《王魁》中的鴇母形象鮮明，然而小說中對於鴇母這樣一個次要的角色
則根本未予著墨。就戲曲表演而言，鴇母此一角色通常由丑角扮演，舞台表
演則著重詼諧逗趣，在戲曲中也扮演了一定的功能。而鴇母的形象，到了南
戲《桂英誣王魁海神記》中已明顯地是十足的反面人物，是一個見錢眼開的
勢利鬼。在戲曲舞台上，這些次要人物具有一定的功能，不可忽略；但在筆
記小說中則可能對這類人物著墨較少或甚至略而不提。

第二節　戲曲與說唱

　　近代流傳的王魁故事，除主要以戲曲表現外，說唱也是一種表現方式。今
日所見說唱形式中的王魁故事均不完整，計有子弟書〔註5〕與蘇州彈詞〔註6〕兩

〔註5〕　「子弟書係清代北方俗曲之一種。此種曲藝，盛行於乾、嘉、道三代，至光、
　　　　宣時始趨沒落。因其詞婉韻雅，故在當代藝壇上之地位極高。繆東霖《陪京
　　　　雜述》曾推之爲當時說書人之最上者，滿族人士，並尊之爲『大道』，可見時
　　　　人對此種曲藝敬愛之一斑。考其所以被稱爲『子弟書』之原因，由於其始創
　　　　者、作者、演唱者、聽眾、皆以八旗子弟爲主，且其演唱之儀式規矩，亦與
　　　　其他曲藝不同。此種曲藝之體製，實淵源於鼓詞，但無說白，至其唱詞，雖
　　　　仍以七言爲主，然可隨意增加襯字。」（陳錦釗《子弟書之題材來源及其綜合
　　　　研究》提要）又「子弟書的曲調字少腔多，近乎崑曲、高腔，學習的人要費
　　　　很多工夫，才能熟練上口，而聽眾也因歌唱內容不易通曉，到了同、光年間，
　　　　就衰落下來。子弟書的唱腔樂曲雖然漸漸失傳，但它的曲本卻被梨花大鼓、
　　　　京韻大鼓、奉天大鼓、河南墜子……採用。」（周純一《劉寶全的京韻大鼓藝
　　　　術》，頁190，註1）因而子弟書之性質應較接近於鼓詞，即說唱過程中主要
　　　　以小鼓拍板爲伴奏樂器；彈詞則以弦索伴奏。

〔註6〕　「蘇州評彈是我國曲藝四百多個曲種中的兩種，統稱說書。但評話只說不唱，
　　　　彈詞則既說又唱。」（《評彈知識手冊》，頁11）至於彈詞與鼓詞的差異除表演
　　　　方式外，在用韻和文辭風格上也不相同。彈詞用普通的詩韻，而鼓詞則用十
　　　　三道轍。彈詞的文辭溫柔細膩，鼓詞的文辭則以雄壯豪爽爲多（參見李家瑞

類。子弟書存〈陽告〉一段，見於《蒙古車王府藏曲本》二九九函二冊，另臺灣中央研究院歷史語言研究所傅斯年圖書館中所藏俗曲子弟書類編號 T8-099 與編號 T8-100 其內容均與車王府本相同。蘇州彈詞則有三段：〈情探〉、〈陽告〉與〈桂英自盡〉。〈情探〉、〈陽告〉屬麗調，由徐麗仙演唱，資料來源為 1961 年之錄音。〈桂英自盡〉為嚴調，由嚴雪亭演唱，1957 年錄音。（以上四段說唱作品之內容可參見論文末附錄四：近代說唱中的王魁故事）。

　　戲曲與說唱同樣屬於韻文形式，其一般差異簡言之有以下幾點：一、戲曲中以腳色扮演人物，直接以代言方式代替人物說話，係眾人粉墨登場直接搬演故事。而說唱則是一人獨講，其演述過程身分時而是敘事者，時而是故事中人物甲，時而是故事中人物乙，游移不定。二、戲曲摹仿故事中人物、動作、事件的再次重現，但說唱僅摹仿故事中人物的說話口吻。三、對觀眾而言，戲曲是視覺與聽覺的綜合藝術，說唱則是著重於聽覺的藝術。至於純粹以文字為媒介的小說，自然和戲曲、說唱二者明顯有別，小說是讀者直接透過自身的閱讀行為對文本進行理解，中間不須經過演員或說唱者的再詮釋。而戲曲和說唱則必須通過演員或說唱者的再詮釋，才能將故事傳遞到觀眾的耳目之中。

　　第一點差異可舉子弟書〈陽告〉為例說明。子弟書〈陽告〉先以六句七言詩開場，之後則以敘事者的身分開始敘說：

　　　　傲桂英只因誤適忘恩婿，竟成了畫兒中的寵愛鏡兒裡的情郎。

一開始即以敘事者身分點出故事結局，有倒敘的意味。不過接下來說書人說到：

　　　　不料那王魁自去無消息，一別數載音信茫茫。

　　　　這佳人兒幾欲修書奈無鴻便，忽一日京中有信到萊陽，

　　　　傲桂英喜接來書啟封細看，見上寫著王魁親筆致意娘行，

至此說書人身分一變，忽然成了故事中的人物王魁：

　　　　學生僥倖今得中，不才身惹御爐香，

　　　　本待要迎請芳卿相聚首，奈父命重尋配偶另娶妻房。

〈說彈詞〉，頁 108）。由附錄四看來，依稀可以看出子弟書和彈詞間語言風格上的差異。或許就演唱的語言和音樂風格來看，更能看出其間的差異。不過本節所企圖討論者係說唱與戲曲在敘述上的差異，關於子弟書和彈詞間的差異將不作討論。

念學生難以自專芳卿見諒，不妨你另尋佳配再效鸞凰。
之後他又再回到敘事者的身分上：
佳人看罷書中意，不亞如姣花被雨落葉經霜。
待說到桂英悲思道時，其身分又一變，成了桂英：
王魁負義將奴棄，可憐我進退無依甚可傷。
桂英說完，說書人又回到其敘事者的身分：
佳人想到傷心處，不由得淚珠兒點點透衣裳。
就這樣，說書人說話的身分，時而是敘事者，時而是故事中的人物，說書者一人飾演多角，身分一再轉變。這顯然與戲曲有極大的差異，在戲曲中都是由故事中的人物來說話，並沒有敘事者。
其次，戲曲表演時，觀眾聽到的是人物的對白和曲文，看到的是人物的動作。但在說唱中，說唱者雖不直接表演人物的動作，可是會在敘述中描寫人物的動作。例如子弟書〈陽告〉中描寫桂英的動作：
傲桂英拜告多時見神明默默，又回頭見兩邊的鬼判氣概昂昂，
不由得怒氣填胸用手一指，說你二人如何也不語難道沒個心腸？
卻緣何推啞裝聾要你們何用？忙上前把泥神推倒塵土飛揚。
恨漫漫一陣昏沉身體倦，悶悠悠芳心迷亂盹睡在神傍。
像「用手一指」、「把泥神推倒」、「昏沉身體倦」、「盹睡在神傍」等一連串的動作，若是在戲曲舞臺上，係由飾演桂英的演員以實際行動來表現人物動作，讓觀眾真實地看到桂英如何打神，其動作為何。而並非像說唱那樣，只是讓觀眾聽到描寫人物動作的聲音而已。
除了說唱者只需摹仿其說話口吻，不必如實扮演外，更重要的是說唱者不受舞台時間、空間的限制，在敘述時間上可以跳躍，例如彈詞〈情探〉一段開始先以桂英身分敘述自己對王魁的思念之情，隨即馬上來到收到休書的那一天：
直至那一天，秋水望穿佳信轉，喜從天降笑顏開，
奴眼花心跳從頭看，那知曉一紙休書將我性命催，肝腸寸斷手難抬。
姐妹成群來道喜，笑問狀元何日回？
又說道官誥皇封非容易，都是你識寶的鳳凰去爭得來。
善良心畢竟有光輝，奴是眼睛盈眶陪笑臉，渾身冰冷口難開。
可歎呀！想人間事太悲衰，願把身軀化作灰，好飛向郎前訴一番。

部分戲曲中也有同樣的情節，不過戲曲中的安排較爲複雜，例如田漢京劇《情探》第十五場，一方面爲了能將書信的內容說與觀眾知曉，一方面又要兼顧到不讓故事中其他人知道，因此只有先讓其他角色下場，等桂英讀完書信，才再安排小菊上場。而將其他人對於桂英的恭賀安排在拆信之前。彈詞中則先敘述「一紙休書將我性命催」，此時觀眾已明瞭桂英所收到的乃是一紙休書，然後說書人再敘述姊妹們前來恭賀的情形，使桂英心裡暗言：「奴是眼睛盈眶陪笑臉，渾身冰冷口難開」，這句話實際上是以敘述者觀點借桂英之口說出的話，是敘述者對於桂英內在情感的描寫，而這句話在戲曲表演中便不宜由桂英在台上直接唱出，因爲桂英在當時的情境下，一來她早已六神無主、心如刀割，一心只想著休書之事，不可能再有時間和心思去說明自己現在的心情。因此如果要將這段情節改編在戲曲上的話，或許只能安排由後場幫腔來唱出這句話，以襯托出桂英此時的心理感受。否則，如果要由桂英口中唱出的話，也必須是讓她走至舞台一旁，讓觀眾知道這句話是只對觀眾說的。換言之，是讓桂英暫時跳出當時的情境與觀眾對話。

又如越劇《情探》爲了顧及舞台上時間與空間的限制，直接將桂英接休書的地點安排在海神廟內，使桂英一接到休書，立即可接「陽告海神」的情節。如此一來，便不必因爲接書地點在桂英家中，〈陽告〉地點在海神廟而多出一幕。

就某些地方而言，說唱與小說有其共同處，如《評彈知識手冊》中言：

> 評彈〔註7〕和小說，同爲語言藝術，有相近之處。但只是指評彈的演出腳本而言。其共同點是用語言創造表象和想像的形象，喚起欣賞者的再創造能力來完成形象，不受視覺形象的限制，也可以不受聽覺形象的限制，比較自由。用描寫、敘述、比喻、暗示、形容、象徵等手法，用形象化的語言，在欣賞者的想像中引起視覺形象和聽覺形象。這在確定性和清晰程度上，可能比不上表演藝術和造型藝術，但在表現生活和人的思想感情的複雜性及其發展的歷史過程方面，卻有爲其他藝術所不及的獨到之處。（《評彈知識手冊》，頁11）

易言之，戲曲以眞人搬演故事，其表現較爲具象、確定，相對地，其想像空間就變小了。而小說和說唱，由於其表現媒介爲語言文字本身，可以想像的空間較大。亦即徐扶明所言：

〔註7〕 參見註6。

小說是用語言來塑造形象，可以敘述和描寫，也可以發議論或感慨。
小說較少受時間和空間的限制。可是戲曲只能通過劇中人物的語言
和行動，表現人物的精神狀態，而絕不容許劇作家在自己的作品裡
伸出頭來大發議論。戲曲受到舞台空間和演出時間的限制，必須迅
速地展開戲劇衝突，展示人物關係和人物命運，使觀眾「一次過」
地看完戲。（徐扶明《紅樓夢與戲曲比較研究》，頁 237）

小說、說唱二者與戲曲間最大的差別便在於：小說與說唱中有敘述者存在，「敘
述者可以夾敘夾議——敘述者可以岔出或介入以評論角色與事件或是有關其
故事敘述的問題。」（《紅樓夢的敘述藝術》，頁 15）同時「敘述者可能享有的
最重要特權，乃是知曉一位角色的內在觀點，進入角色的內心這一特權。」（《紅
樓夢的敘述藝術》，頁 16）正因為如此，小說和說唱中都可以夾有作者或說唱
者以敘事者身分發出的議論或感慨。而在戲曲中沒有敘事者的存在，因而劇
作家充其量只能將其議論或感慨化入故事中某一人物的口中來表達。如此一
來，其效果便和小說、說唱不一樣了。

　　綜言之，戲曲表現由於較具象，因此它所受到的條件限制也更多。而說
唱藉由語言的傳達，對於事件在敘述時間上的先後安排，其彈性和變化較戲
曲來得多。同時說唱可以直接披露或描寫人物的內心，而在戲曲中則必須透
過某些手法來使觀眾明瞭人物內心，人物間的對白也必須配合其人物性格，
在適當的情境下說出合宜的話，不能稍有逾越。

　　附帶一提的是關於《雲齋廣錄》中《王魁歌》與詩讚系說唱的關係。雖然
說唱的歷史淵源很早，不過今日能確定的說唱文獻，以唐代變文最早。〔註 8〕
至宋代時，說唱的發展又可分為兩類，胡士瑩認為：

宋代各種詞話體的說唱文學，大體上可歸納為兩種類型：一種是按
照樂曲填成唱詞，中間雜以說白，這是屬於樂曲系的；另一種是用
七言詩體作唱詞，中間雜以說白，這是屬於詩讚系的。他們和說話
都有關係。（胡士瑩《話本小說概論》，頁 173）

以《雲齋廣錄》中的《王魁歌》七言詩體的形式來看，不免令人懷疑它很可
能是可以演唱的，或許可以大膽假設：它是目前所見王魁資料中最早的詩讚
系詞話。如此一來，其影響可能及於後世的說唱（如子弟書、彈詞）甚至於

〔註 8〕參見孟繁樹《中國板式變化體戲曲研究》，第三章第一節詩讚系說唱藝術發展
　　　　衍變概況，頁 29～32。

板式變化體戲曲。〔註9〕

第三節　筆記與話本

在王魁故事作品中，形式上可明確判斷為話本者，係清代才刊行的《最娛情》。除其採用口語化的行文方式外，尚有若干跡象可資為證。例如《最娛情》一開始即說：

> 話說宋朝山東濟寧府，有秀才姓王，名魁，字俊民。

又如第二段一開始：

> 卻說王魁自別桂英之後，在路免不得饑餐渴飲，夜住曉行，不止一
> 日，到得京都，尋了寓所安下。

其開頭之「話說」、「卻說」皆顯示其為說書人的語氣。此外，又如：

> 看官，桂英是娼妓，王魁是鄰邦官府，這信誰人敢傳？原來就是當
> 初同王魁到桂英家裡去的那萊陽朋友特地寫書報他的。

這一段顯然是說書人自己怕觀眾有所不解而自己添加上去的。同時在一段落的結尾處，用「正是」、或「有詩為證」引出詩句的形式，也都是話本形式上的特色。

而它與筆記體王魁故事最大不同處即在於：筆記體以文言寫作，敘述簡單扼要；《最娛情》則是以白話寫作，敘述詳盡。其敘述之故事情節與筆記體《王魁傳》相符之處甚多，例如《王魁傳》中一開始言道：

> 王魁下第失意，入山東萊州。友人招遊北市深巷小宅，有婦人絕艷，
> 酌酒曰：「某名桂英，酒乃天之美祿，足下得桂英而飲天祿，前春登
> 第之兆。」

《最娛情》中則很明顯地可以看出它據《王魁傳》譯為白話的痕跡：

> 話說宋朝山東濟寧府，有秀才姓王，名魁，字俊民。因上京應試，
> 下第回來，至萊陽縣，遇一相知友人，邀至北市鳴珂巷妓家小飲。
> 這妓女姓敫，小字桂英。果是姿容艷麗，態度輕盈，王生一見，兩
> 下目成心許。飲酒中間，桂英滿斟一杯，對王魁笑道：「妾名桂英，
> 酒乃天之美祿，足下得桂英而飲天祿，明年必登高第之兆。」

〔註 9〕 參見孟繁樹《中國板式變化體戲曲研究》，第三章第一節詩讚系說唱藝術發展
　　　　衍變概況，頁 35。及第二節詩讚系說唱對板式變化體戲曲形成的影響。

就這一點來看，很可能說書人當初說書時即依據筆記體的《王魁傳》為底本，再加上自己的靈活運用，在適當處加油添醋，以吸引觀眾。而後說書的內容被記錄下來，由於此本文字古樸簡潔，可能是未經潤飾即刊行之作。

至於在形式上未具有話本特色之《醉翁談錄》，由其內容看來，還是可以看出它接近話本的一些特色。例如《醉翁談錄》本寫到桂英鬼魂找到王魁時的情景：

> （桂英）指罵：「王魁負義漢，我上窮碧落下黃泉，尋汝不見，汝卻
> 在此。」

儼然一付尋仇的潑辣模樣，甚至在文字上，如果將「汝」改為「你」的話，就是十足的白話了。而在筆記《王魁傳》中只是平實地敘述道：

> 魁在南郡試院，有人自燭下出，乃桂也。魁曰：「汝固無恙乎？」桂
> 曰：「君輕恩薄義，負誓渝盟，使我至此。」

相形之下桂英與王魁間的衝突就沒有那麼劍拔弩張的緊張狀態，而桂英說話的語氣也顯得溫婉多了。這正說明了《醉翁談錄》與筆記體《王魁傳》在表現上仍是有相當差別的。

除了敘述文字口語化之外，在《最娛情》中還可以看出話本所具有的一項特點：即對故事內容增添的空間較大，說話人可以適當地加油添醋，可以加入自己的主觀評論，也可自行設問或是製造特殊的聆聽效果。例如《最娛情》中敘及桂英如何活捉王魁時，他說：

> （桂英）在袖中取出當初求王魁題詩在上的這幅羅帕，將王魁沒頭
> 沒臉只一兜，王魁大叫一聲，悶倒在地。

完全一幅說話人的口吻，摹寫地微妙微肖，想像力也很豐富。又如最後道士馬守素作醮，前去海神廟替王魁說情一段，也是他本中所無：

> 守素道：「雖然如此，求判長在大王前方便一聲，也須看他是狀元及
> 第，陽世為官的情面。」那判官呼呼的笑道：「咳！可惜你是個有名
> 的法官，原來只曉得陽間的勢利套子，富貴人只顧把貧賤的欺凌擺
> 佈，不死不休，堆這一生冤孽帳，到俺這裡來。俺又不與他算明白，
> 則怕他利上加利，日後索冤債的多了他縱官居極品，富比陶朱，也
> 償不清哩！況俺大王心如鏡，耳如鐵，只論人功過，那管人情面，
> 只論人善惡，那顧人貴賤。料王魁今日這負義忘恩的罪，自然要結
> 了，你也不必替他修醮了，請回罷！」

先是道士將陽間關說的那一套搬到了陰間去用，後來又藉著判官之口來批判現實。最有趣的是結尾忽然地話鋒一帶，轉悲為喜，說：

> 眾道士正要收拾壇場，卻喜得老封翁倒有三分主意，急忙喚家人出來
>
> 吩咐道：「今日醮事，且不消收，換了文疏，竟作老爺入殮功德便了。」

這樣一個急轉彎，恐怕是說話人靈機一閃所造成的效果吧？或許對觀眾而言，這樣的結局倒反而能輕鬆愉快地離去。由此皆可看出話本較筆記體之活潑多變。

除此之外，話本與筆記性質上的差異也會造成其敘述上的不同。話本之性質本為「說話所用」，「說話」即說故事，〔註 10〕因此無論是說話人自己據以提示綱要的演出本，或是供大眾閱讀的案頭本，其以講述故事為目的這一點是一致的。既然是講故事，其目的自然在於如何吸引觀眾（或讀者）繼續聽（或看）下去。因此，如何把這個故事講得有趣，可以引人入勝是說話人或話本創作者所關心的。至於筆記，在第一節《王魁傳》與《雲齋廣錄・王魁歌》的比較中對其性質已有所說明。筆記的篇幅短小，記敘簡要，細節處不會加以渲染描寫。同時筆記之目的是要：「資治體，助名教，供談笑，廣見聞。」（《類說・敘》）與話本之純粹以說故事為目的不同。換言之，筆記和話本小說不同，它沒有欲引人入勝的企圖。因此不會對於枝微末節處加以著墨渲染。但話本小說則不同，它為吸引觀眾或讀者之好奇心，會在若干情節上舖敘描寫，也會運用許多文學手法，諸如意象、比喻、象徵、諷諭等等，來達到令觀眾滿意的目的。換言之，其文學性較筆記強。

如果就筆記《王魁傳》和《最娛情》中所收之話本《王魁》做一比較的話，《王魁傳》之敘述顯得較為客觀，從頭到尾是以一個中立者的身分來敘說這個故事，並未加入任何評論，像是對此事件做一客觀報導似的。至於《最娛情》中的話本《王魁》則明顯是同情桂英而貶低王魁的，例如說到王魁及第之後，對桂英的反應為何？筆記《王魁傳》只說：

> 後唱第為天下第一，魁私念科名若此，以一娼玷辱，況家有嚴君不
> 容也。不復與書。

話本《王魁》則說道：

> 魁見連次寄書至，竟生厭常之心，自忖道：我今身既貴顯，豈可將

〔註10〕 參見增田涉〈論「話本」一詞的定義〉，收入王秋桂編《中國文學論著譯叢・上冊》，頁 183～197。

　　煙花下賤爲妻？料想五花官誥，他也沒法受用。倘親友聞知，豈不
　　玷辱？我今只絕他便了，竟不答回書。

筆記《王魁傳》只是客觀地說明王魁之所以不能與桂英聯絡的原因，而話本
中卻把王魁那種傲慢的性格和心理描繪出來。

　　又如述及桂英自刎之後，筆記《王魁傳》馬上就說到王魁在廳堂，桂英
鬼魂前來一段。但話本卻在這之前插入了一段《王魁傳》所無之文字：

　　當時驚動了鴇兒龜子，舉家來救，已無及矣。欲待告官涉訟，無奈
　　官官相護，又無把柄可告，終是門戶人家，又不是親生父母，那一
　　個肯出頭露面去伸冤？只得歎口氣，買棺盛殮，忍氣吞聲的埋了。

由這段文字中可以明顯地看出說話人對於桂英之死寄予相當大的同情，同時
也反映出說話人和桂英站在同一陣線上，代表下層社會人民對當時政治、社
會不合情理處做出批判。

第四節　南戲、雜劇與傳奇

　　同樣是戲曲作品的南戲、雜劇與傳奇三者間，除了體製上的差異外，在
語言文字上也展現了不同的風格。就其差異處言之，主要有二：一是由於劇
中人物性格不同所造成的語言風格上的差異；二是由於所表現的情感不同，
故具有不同的文字風格。而這種差異的形成很可能與創作者背景或流行地域
有關。以下即說明南戲、傳奇、雜劇三者在語言風格上的差異。

一、人物性格不同所造成的語言風格差異

　　首先就南戲《王魁》殘存的曲文與明傳奇《焚香記》相較。戲曲表現強
調語言必須符合說話人物之身分、性格，傳奇《焚香記》中，由於王魁、桂
英之形象已有所改變，一個是知書達禮的書生，一個是出身宦門的大家閨秀，
其形象均溫柔典雅，因此類似下列二例那樣熱情奔放的曲文便不可能由他們
的口中唱出。

　　例一、【正宮過曲】【長生道引】三鼓將傳，誰家長笛頻吹。此景教
　　　　　人怎存濟。神思自覺昏迷。珊瑚枕上，並根同蒂。放嬌癡。恣
　　　　　歡娛。如魚如水，釵橫鬢亂不自持。嬌無力倩郎扶起。（合）
　　　　　我和伊效學鴛鴦，共成一對。願得譙樓上漏聲遲。

例二、【正宮過曲，雙鸂鶒鶒】憶昔傳盃弄盞，共宴樂月下花前。與
論雲説雨，放懷輕惜深憐。自共伊，半霎時，怎離身畔？花叢
一葉不沾染。驀忽地，浪破穿，把鴛鴦打開兩邊。

反過來說，由南戲殘曲中可以得知：南戲《王魁》中的王魁與桂英其形象必
定與《焚香記》大不相同，其人物性格較奔放熱情。

再就二者表現王魁、桂英分別前有關盟誓的曲文比較，發現：南戲《王
魁》中的人物較生動俏皮，如：

【正宮過曲，雙鸂鶒鶒】（生）伊嬌面，伊嬌面，俏如洛浦神仙。肯
漾卻甜桃，再尋酸棗留連？（旦）是果然，意恁堅，指日同往，靈
神祠裡同設願。虧心的，上有天，莫辜負此時誓言。

這段曲文顯示出：王魁與桂英二人正在熱戀，而爲了堅定彼此的信心，桂英
提出建議，要求王魁在神前發願以保證其所言不虛。這裡所看到的王魁、桂
英完全是一幅年輕活潑的形象。

然而同樣是去廟裡盟誓，《焚香記》中的人物性格便與南戲《王魁》不同，
試看第十齣〈盟誓〉的曲文：

【生查子】（生、旦）鴛侶苦分飛，端爲婢媢妒。攜手拜靈祠，共把
衷腸吐。【憶多嬌】（旦）記此盟，念敫桂英自嫁兒夫王俊民，一馬
一鞍誓死生。（合）若負初心，若負初心，仰望尊神降臨。

【前腔】（生）念小生設此盟，自配荊妻敫桂英，生死相依不再婚。
（合前）

在此顯示出：王魁與桂英二人之所以去廟裡盟誓，是因爲二人即將離別，之
後世事難料，爲表白心跡，乃在神前立誓各不再婚。相對於南戲《王魁》而
言，《焚香記》中的主角是比較成熟穩重、知書達禮的。而傳奇和南戲中盟誓
的意義也不相同，南戲中尚有愛情可言，但傳奇中卻似乎更強調一夫一妻，
從一而終的貞節德行，這顯然是禮教盛行下之產物，帶有著濃厚的教化意味。
因此，傳奇《焚香記》的曲文其風格端莊典雅，與南戲《王魁》的活潑俏皮
形成對比。

令人意外的是在南戲《王魁》殘曲中竟然有一支曲子，同樣出現在明傳
奇《焚香記》裡。即《九宮大成》的【商調引子】【十二時】

終朝生懊惱。漫自嗟排還到。堆上淹煎，砌成潦倒。喘吁吁氣餒形
消。未卜死生何兆。（《九宮大成·卷五十六》）

此曲亦見於王玉峰《焚香記》第十六出〈卜筮〉。或許是王玉峰有意保留了這支南戲曲文也未可知？

二、情感粗細不同所造成的語言風格差異

接著再來看元雜劇《王魁負桂英》與明傳奇《焚香記》在語言風格上又有何不同？關於這一點，趙景深曾說：

> 同是哭廟，南傳奇《焚香記》只是哭得淒婉，北雜劇《王魁負桂英》卻哭得激越。這也可以看出南北曲的不同。南傳奇裡對於王魁最多只稱「那廝」，說他負心，而北雜劇卻直斥為「這乞兒每飽病難醫」；南傳奇哭訴不應也是徒呼奈何，別無他語，而北雜劇卻罵起來：「殿階前空立一統正直碑，我吩咐了這壁，我告訴與那壁，你為甚將我不應對？原來這一堂兒都是塑來的泥！」（趙景深〈王玉峰的《焚香記》〉，收入氏著《中國戲曲初考》，頁 198。）

事實上，在《焚香記·陳情》裡桂英對於神明的斥責也是相當嚴厲的，不過就語言風格而言，傳奇比較含蓄，不像雜劇那麼犀利。同時傳奇在感情上的表白也不像雜劇那麼直接了當。這恰可以夏志清的一段話來說明：

> 情感有粗有細，可以奔放也可以抑制。一般民間歌謠所表達的情感是比較簡單的，樸實的；相反的例子如詹姆斯晚年的小說所表達的情感則是細膩複雜，有時簡直令人難以捉摸。我在這裡要提出的一點意見是：粗獷直率的情感和細膩複雜的情感同是文學作品的資料，不過生在二十世紀的今日，我們總覺得後者的表達是更值得我們努力的。（夏志清《愛情·社會·小說》，頁 10）

類似這樣區分文學作品中所表現的情感，在梁啓超〈中國韻文裡頭所表現的情感〉一文中也有，他說：

> 向來寫情感的，多半是以含蓄蘊藉為原則，像那彈琴的絃外之音，像喫橄欖的那點回甘味兒，是我們中國文學家所最樂道。但是有一類的情感，是要忽然奔迸一瀉無餘的，我們可以給這類文學起一個名，叫做「奔迸的表情法」。例如碰著意外的、過度的刺激，大叫一聲或大哭一場，或大跳一陣，在這種時候，含蓄蘊藉是一點用不著。
>
> （《飲冰室文集·第七冊》，頁 73）

而雜劇中所用的正是梁啓超所謂的「奔迸的表情法」，所表現的情感是比較粗

獷、比較直接的，而傳奇所表現的情感則是比較細膩、比較受到抑制的。同樣地，南戲中所表現的熱情奔放可能又是另一種類型的情感。

至於說這種差異是如何形成的？或許可以從南戲、雜劇和傳奇之源流傳統與創作者的背景等方面來看。

依據洛地《戲曲與浙江》一書中的推論：南戲與雜劇二者顯然是源自不同的傳統，南戲是在民間小戲上發展起來的，是比較素樸的，接近民間大眾的。而雜劇則是由文人帶動的，文學氣較濃厚。但二者卻又時有交流，彼此互相吸收消融，而不再是那麼涇渭分明。至於明傳奇則是文人雅士主動地參與創作推動的。因此，或許可以說從南戲《王魁》到雜劇《王魁負桂英》再到明傳奇《焚香記》，這三者在創作背景上有著由民間逐漸趨向文人化這樣的一個過程。關於這一點，鄭培凱先生曾說：

> 譴責負心的故事類型，一般先出自民間，由「鄉愚」口中說出，便是「雷劈」或「活捉」。到了文人的筆下，負心漢便彬彬君子起來，情節出現各種跌宕變化，戲劇衝突也由角色性格的內在變化（負心）轉為外在的環境所迫（如因於相府或有人造謠，引生誤會），因此，也就不算負心了。（〈癡心女子負心漢——影片「人生」所反映的社會道德意識〉，頁 56）

而張火慶也認為：

> 中國戲曲中主題思想與倫理觀念的演進，從民間式有冤必伸，有仇必報的「玉碎」；轉而為學院式遷就現實，既往不咎的『瓦全』……前者（按：民間式）滿足了私人的是非恩怨的正面報償，有著意氣的快感；後者（按：學院式）則兼顧了集團的和平安定的消極維持，更須有智慧的觀照。在文學表現的形式上，後者似乎較易流於說教與迂腐，但卻反映了更深沈更普遍的人性與社會的需求——好死不如歹活，銜冤相報不如破鏡重圓。更何況，前者所用懲罰負心的方法，多是假托天譴或鬼誅，這比較屬於虛妄迷信；而後者據以彌縫怨隙的手段，則只是強調綱常與妥協，這比較顧及現實真象。（〈貧賤之交不可忘，糟糠之妻不下堂——早期南戲傳奇的婚變劇〉，頁 29）

這種不同背景之創作同時也在作品中呈現出道德和情感上的差異，或許正是由於這樣一種社會階層的思想差距，造成南戲、雜劇和傳奇中王魁戲人物性格的轉變和情感的粗細不同，甚至也因此造成語言風格上的差異。

第七章　結　論

　　總結以上六章的探討，已對王魁故事做了較全面的論述。本章除了對上述諸章的研究結果做一綜合的回顧總覽之外，並在此基礎上總結出王魁故事的特點。此外，對王魁故事的變化情況也嘗試歸納出若干原因，或許可以由此看出故事的演變規律。

第一節　全文的回顧總覽

　　本文對王魁故事的研究大致上採取縱貫與橫剖兩種不同的進路，希望能較全面的來把握王魁故事的內容及特色。前者探討諸如：王魁故事是如何產生的？何時成型？其發展過程有何變化？其流傳的脈絡又是如何？此類涉及歷史起源、演變與發展之問題。後者則一方面藉著對王魁故事發展過程中的人物塑造、舞台藝術和改編本的優劣等評論來說明王魁故事所達致的藝術成就，另一方面則藉由王魁故事在不同表現形式中的不同面目來說明表現形式對故事的影響程度。

　　就王魁故事本事來源及其早期面貌而言，本文考證出其前身是王俊民軼事，乃關於北宋王俊民在新中狀元後，突然發狂而死之事，從而引發人們種種猜測其死因的謠傳。不久，有託名夏噩者據此傳聞寫下了《王魁傳》，這部作品雖已不傳，但在當時應發揮了促使王魁故事趨於定型的作用。今日所見最早的王魁故事作品是北宋李獻民的《王魁歌并引》（《雲齋廣錄·麗情新說下》），此一文獻資料證明了王魁故事至遲在北宋末年即已成型。此外，宋代也已有王魁戲的演出，不過其劇本早已不存。而《類說》中的《王魁傳》也

可視為王魁故事成型後不久之作。

再就王魁故事自成型後的發展與演變來看，可以發現：在南宋末，王魁故事曾被說話人加以演說，如《醉翁談錄》中所載之「王魁負心桂英死報」，其描寫已較《類說》中的《王魁傳》細膩。此後，筆記與話本系統中的王魁故事均已趨於穩定，較少有大的變動。但它在戲曲中卻較富變化，在元雜劇《海神廟王魁負桂英》中，出現了桂英去海神廟指罵神祇的情節，這段戲曲上的情節高潮一直被保留到今日，許多地方戲都有〈打神告廟〉的折子戲。將王魁故事改變最大的莫過於明代的改編劇，明代至少有四部劇作是寫王魁不負心的，今日僅存王玉峰《焚香記》一部。《群音類選》中所存的《海神記》，在情節上和《繡襦記》中鴇母欺騙鄭元和的情節類似，而與王魁「負」桂英之故事相去較遠。在筆記、話本方面，明代《永樂大典》中所引的《摭遺新說》一段也極可注意，不但具備了小說的創作技巧，在敘事上亦有較高的藝術成就。

就近代王魁故事的流傳這點來觀察，可以說，其表現形式更趨於多樣化，且已擺脫了明傳奇大團圓的結局方式，改以王魁負心，桂英活捉王魁作結。關於王魁故事的流傳系統，據悉：至少有宋元筆記、宋元戲曲、宋元話本和明清以降戲曲等四個系統。近代王魁戲多承明傳奇《焚香記》及川劇《情探》而來。唯獨梨園戲《王魁》是特立獨行者，其情節與宋元筆記較接近。

對王魁故事作品藝術成就的分析，可從人物塑造、舞台安排、劇本改編三個方面來探討。在人物塑造方面，桂英從原本的鄉閭娼妓轉變為大家閨秀，對王魁的愛情也變得更加純粹，性格也有著從剛烈到溫婉的轉變。集中王魁矛盾性格的描寫則是近代王魁故事發展上的一大成就。而對故事中次要人物的加強描寫，也達到不少意想不到的效果。相對於其他表現形式而言，王魁故事在戲曲舞台上的成就是比較突出的。如桂英接至休書、桂英赴海神廟申告、桂英情探王魁和活捉王魁等都是戲劇性很強的情節，除了劇本本身的因素之外，藝人的加工也是王魁故事在舞台演出過程中不可或缺的。此外，抒情性較強的段落，如〈行路〉則達到緩和情緒的作用，而小丑的插科打諢更成為良好的緩衝劑。王魁故事改編本的成就以明傳奇《焚香記》、趙熙《情探》和越劇《情探》為最。雖然《焚香記》仍存有若干缺點，如：以金罍換書為王魁開脫太落俗套，以及種諤一線與主線的縫合不密等，均可說是其敗筆。但其中仍有若干折菁華之作，如〈搆禍〉（即〈接書〉）、〈陳情〉（即〈陽告〉）、

〈明冤〉（即〈陰告〉）、〈折證〉（即〈勾拿〉或〈捉拿〉），抽出這些菁華之作，再依故事完整之需要略爲增減，仍然可以是一部佳作。而趙熙《情探》則是將原本凶煞可怖的《活捉王魁》改爲文辭優美、強調人物內心情感的動人場面，將川劇王魁戲帶到更高的藝術境界。

　　比較王魁故事的各種不同傳播媒介形式，如詩歌、筆記、話本、戲曲與說唱等，可以發現：這些表達故事的樣式相當多樣化。他們雖然傳達的都是同樣一個故事，但在敘述方式上卻不盡相同。詩歌宜於抒情寫景，但在敘事上則不如筆記體完密。小說供人閱讀，以文字呈現在讀者面前，其想像空間較廣。戲曲則以人物的對話與動作來推展劇情，以眞實人物的表演呈現在觀眾面前，較具體化。說唱則藉著語言和音樂來傳達故事，說唱者亦可隨意增刪修改，彈性較大。話本亦然。同樣是戲曲，南戲、雜劇和傳奇三者間在情感表現上也有粗細的不同，而這種表現是與其興起背景、創作者背景和流行地域的差別有關。

第二節　王魁故事的特點

　　在對王魁故事做了較全面的探討之後，以下歸納出三點來說明王魁故事的特點。

一、簡單而穩定的故事結構

　　本文二、三、四章中對王魁故事的歷史發展脈絡做了詳細的論述，結果發現：王魁故事最初是從一樁謠言上發展起來的。謠傳到後來就變成了一個煞有介事的王魁負桂英故事。而此一故事成型後，主要情節、人物均固定下來，此後的各流傳本，除了細節上的變化外，很少有大的更動。雖然明代出現了一群翻案劇，將原本王魁辜負桂英的故事架構，改成桂英誣賴王魁，或是王魁遭人陷害，企圖將王魁的負心形象扭轉回來。不過這個嘗試似乎並不能爲大眾所接受，民間仍普遍流行著將王魁視爲負心漢的看法。直到近代，王魁仍被當做一個負心漢的典型。相對於其他民間傳說故事而言，王魁故事的結構可說較爲簡單而穩定，它只包含了單一事件，其故事內容大致上仍是沿著：

　　　　王魁落第──與桂英成婚──赴舉前雙雙盟誓──桂英聞知王魁負心──

　　―桂英自盡――桂英鬼魂前去捉拿王魁

這樣一個脈絡進行的，而且鮮少改變。即使是明代的若干翻案劇其情節發展中亦仍然包含了上述的內容。因此，如撇開亡佚的作品不論，則王魁故事雖然幾經變化，但其基本的故事架構其實並無太大改變，即「王魁中舉後，負心於桂英」這個事件本身可說都完全沒有改變。因此相較於其他因流傳久遠，以致內容產生劇烈變化的民間故事而言，王魁故事結構的簡單及其高度的穩定性，可說是其特點之一。

二、素樸而直接的民間思想

　　就王魁故事本身所反映的譴責迎新棄舊行為的思想而言，類似的故事或作品不計其數，就此而言，王魁故事並不算特別突出。但正因為王魁故事所反映的思想不是很深刻，所以才能由其中看到屬於民間素樸和原始的情感。這種情感是很真實的，從《詩經》時代，一直到今日，這種愛情及婚姻悲劇一直不斷地反覆上演，而謳歌這類現實人生悲劇的作品或故事也從未間斷過，這實在是反映了世俗大眾的心理特點及潛在的願望。這其中雖然未必具有什麼深刻高奧的哲理，但畢竟是從人們周遭生活中所面臨的現實問題出發，因而具有一定的通俗性和普同性。由此通俗、普同的思想意識和情感內容中產生的作品或故事更能得到世俗大眾的青睞，而獲得長遠的流行和接受。王魁故事就反映了這種來自民間大眾意識情感的思想內涵，因而具有了通俗性和普同性的特質，藉此，才能綿長久遠的流傳在中國民間，成為家喻戶曉的民間故事。或許可以說，素樸而直接的民間思想亦是王魁故事的主要特點。

三、靈活而多樣的文學表現

　　儘管王魁故事在敘事結構上是簡單而穩定的，在思想內涵上也不是很深刻，但藉由不同傳播媒介形式以及個別具體作品的努力，展現出不少靈活而多樣的文學表現方式，在讀者心中留下了深刻的印象。王魁故事在文學上的表現，可分為兩類：第一類是它被敘事作品取材，直接呈現在作品中的文學技巧，如《摭遺新說》的預示手法、《雲齋廣錄・王魁歌》的意象使用、《醉翁談錄》中豐富的想像力和戲曲中優美的文詞和妥貼的曲白等。第二類則是王魁故事有關人物已具備了一定的典型性，所以常被當作文學典故使用，由

敘事文學的領域滲透到抒情文學中去，擴大了該故事的影響力，以及流傳層面。例如在散曲和其它戲曲作品中，「王魁」常被作為薄倖人之代稱。這種靈活而多樣的文學表現成就，相信也是王魁故事的基本特點。

第三節　王魁故事演變的原因

　　經過前面數章的討論，可知：王魁故事在流傳過程中是有所變化的。造成王魁故事演變的因素很多，就其主要因素而言，大約有以下四點：

一、時代背景

　　一個故事的產生和演變往往和其時代背景有密不可分的關聯。這是因為故事的流傳需要靠眾人傳述，一個未成型的故事在眾人合力之下促其成型，一個已成型的故事，則在傳述者敘說故事的同時，不自覺地在故事中摻入一些自己的思想和情感。如此一來，無形中便造成一個故事產生，或促使其發生變化。例如中國有如此大量的士人負心類故事，這顯然與傳統中國社會的科舉制度密切相關，作為此類型之一的王魁故事，自然也在某種程度上反映了不同時代的社會觀念，如隨著時代的演進，故事中對於王魁的指責有逐漸加重的趨勢，這顯示了女性地位有逐漸提高的現象。其次，時代背景直接影響故事改編的最明顯例子，便是大陸在社會主義及唯物思想的影響之下，王魁戲一度改為桂英鬼魂不出現的演出方式，以及像《義責王魁》中由僕人去叱責主人的安排。後者多少帶有一點階級鬥爭的意味，前者則是因為鬼魂戲曾被視為封建迷信而禁演。凡此皆是由於政治思想或時代背景所造成的故事演變。

二、創作者（或改編者）

　　在第四章和第六章中曾述及由於創作者背景的差異（如民間創作與文人創作），其作品中所反映出來的思想、情感便不盡相同。這和第一點之間有著循環的關聯。時代背景、社會狀況影響著作者，而作者本身的思想也會透過作品呈現出來。換言之，一個故事在不同的時代背景或不同的社會狀況下，可能會有不同的流傳面貌。而不同的作者更可以透過具體的創作使故事產生變化，例如第五章第二節中所述及王魁故事在舞台藝術上的成就，便是作家

和藝人對既有故事進行改造下的產物。同樣以王魁故事爲題材的作品，則會因爲作家的才情及其作品的成就，反過來對此一故事產生若干影響。一部好的作品往往對於這個故事的改變具有主導性的地位，就如同第五章第三節中所提及的三部劇作，他們可說具有主導王魁故事發展的力量。反之，一部壞的作品很快便遭到淘汰，因此它對這個故事可能完全不構成任何影響。

三、不同傳播媒介形式

由第六章中可以得知：即使是同一個故事，透過不同的傳播方式來表現便會造成不同的效果。而每種表現方式都有其擅長表現之處，如小說宜於敘事，詩歌宜於抒情，如果要採用不同的方式來表現同一故事時，就不得不對原有的故事略作調整。例如明傳奇《焚香記》限於傳奇體製，爲湊成四十齣，便增加原本王魁故事中所無之種諤一線。

四、故事本身發展演進的要求

故事在發展及流傳的過程中，會應觀眾的需要而產生變化，如觀察一個故事的發展過程會發現：其內容逐漸由簡而繁，其思想內涵逐漸由淺而深，同時其表現形式也會由單一而趨於多樣。這些皆是一個故事在其發展過程中必然會經歷的。王魁故事也不例外，由第五章第一節可以看到王魁故事中的人物描述由簡單日趨複雜，由表1－1（頁14）則看出故事表現方式趨於多樣化的歷史演進過程。

然而，在上述四點促使故事演變的因素之外，另外有一股與之相抗衡的力量，它在一定的範圍內限制故事的演變，此即故事本身的傳統。一個歷史悠久的故事通常都有屬於它自己的深厚傳統，這個傳統係此一故事在流傳過程中逐漸由簡而繁，層層積累所造成的。故事流傳愈久，其積累愈豐富，其傳統也愈深厚。相對地，其穩定性也較高。因爲一個故事在發展初期可塑性較強，傳述者可以不必擔心聽過此一故事的人太多而不敢任意加油添醋。相反地，一個故事發展到一定程度時，其流傳已廣，後人對於此一故事就只能在其既有的傳統上作一定程度的改編，否則一旦超出此一傳統之外，就算掛上此故事之標題，也未必能得到觀眾（或讀者）的認同，反不如說是一個自創的新故事。而傳統對於這個故事的限制，正是構成這個故事的基本條件，也是它之所以與其他故事有別的重要標識。誠如第一章第一節中所述，王魁

故事儘管千變萬化，卻不致於教人無法辨識，其所憑藉者正在於此。

　　王魁故事作為一個敘事文學的研究對象，其呈顯的素樸型態，可使人看出其中人類的原始思維方式。如果將它放回整個中國敘事文學中看待時，其「士人中舉，拋棄前妻」的故事結構，在之後的許多故事中也不斷地反覆出現，具有重要的典型性。如就取材於王魁故事的諸多作品來看時，作品中所運用的文學、藝術技巧更為王魁故事的面目增添了幾分色彩，可見文學作品對於其所取材的故事具有相當大的影響力。故事對於文學作品具有依存的關係，若非藉著取材於此一故事之文學作品，一個故事無論在流傳的時間和空間上都受到較多的限制。例如王魁故事若非藉著筆記《王魁傳》、南戲《王魁》、傳奇《焚香記》……等作品的流布，恐怕未必能流傳如此久遠。因此，故事研究與文學研究之間具有密切的關聯，透過故事研究可以縱貫地跨越時代、跨越文體看出敘事文學的發展歷史。雖然本文僅處理了一個王魁故事，但若能將此一研究方式擴及範圍更廣的故事類型研究，勢必能更加清晰地呈現出中國敘事文學的發展脈絡。

附錄一：宋元王魁戲曲輯佚

甲、南戲《王魁》殘曲輯佚

一、錢南揚的《宋元南戲百一錄》引《南九宮十三調譜》曲文五支：

（一）【商調慢詞】【熙州三臺】

晚來雲淡風輕。窗外月兒又明。整頓閣兒新。飲三杯自遣悶情。（卷十八）

（二）【換頭】

久聞倩館芳名。猛拚一醉千金。活脫似昭君。行來的便是桂英。（同上）

（三）【正宮過曲】【長生道引】

三鼓將傳，誰家長笛頻吹。此景教人怎存濟。神思自覺昏迷。珊瑚枕上，並根同蒂。放嬌癡。恣歡娛。如魚如水，釵橫鬢亂不自持。嬌無力倩郎扶起。（合）我和伊效學鴛鴦，共成一對。願得譙樓上漏聲遲。（同上卷四）

（四）【雙調慢詞】【泛蘭舟】

鎮日花前酒畔。狂蕩煞迷戀。春闈赴選音傳。恩愛惹離怨。天付因緣。一對少年。爭忍輕散。心事待訴君言。（同上卷廿一）

（五）【仙呂入雙調過曲】【十二嬌】

伊家恁的嬌面。悄如閬苑神仙。終不漾了甜桃去，尋酸棗，再喫添。（合）同往聖祠前。雙雙告神天。（同上卷二十）

引《南詞定律》二支：

（六）【中呂過曲】【兩休休】

> 甲（桂英）：從別後萬恨千愁。橫在我的心頭。一心望那人回，在鴛幃再成匹偶。
>
> 乙（鴇母）：娼妓門庭無中有。只使虛脾弄甜口。你何須苦苦癡心。直恁的添僝僽。（《南詞定律·卷六》）

（七）【換頭】

> 休休。兩三年共樂同歡，指望美滿長久。臨行與剪髮拈香，神前共同設咒。潘岳容儀狼虎口。毬子心腸易滾走。怕他們口不如心，應是有頭沒後。（同上）

引《九宮大成》一支：

（八）【商調引子】【十二時】

> 終朝生懊惱。漫自嗟排還到。堆上淹煎，砌成潦倒。喘吁吁氣餒形消。未卜死生何兆。（《九宮大成·卷五十六》）
>
> 趙景深按：此曲亦見王玉峰《焚香記》第十六出〈卜筮〉。

二、陸侃如、馮沅君合著《南戲拾遺》引《九宮正始》所錄十二曲，去其重複二支，得十支如下：

（一）【正宮過曲，長生道引，第三格】

> 鐘報黃昏，看看天色冥昧。畫燭搖紅映殘枝，特地弄盞傳盃。歌喉宛轉，遶梁聲墜，奏笙歌，撥琵琶，鳳絲龍笛。那堪酒闌歌罷時，同攜手笑入羅幃。（合）我和伊效學鴛鴦，共成一對，願得樵樓上漏聲遲。

（二）【正宮過曲，雙鸂鶒】

> 憶昔傳盃弄盞，共宴樂月下花前。與論雲說雨，放懷輕惜深憐。自共伊，半霎時，怎離身畔？花叢一葉不沾染。驀忽地，浪破穿，把鴛鴦打開兩邊。

（三）【又，又，換頭】

> 一心為利名牽，暫別間不久團圓。嘆許多恩愛，怎不教我埋怨？做狀元，掛綠袍，那時回轉，何須苦苦長憶念？皇都好，景喧妍，怕戀花不肯回鞭。

（四）【又，又，又】

伊嬌面，伊嬌面，俏如洛浦神仙。肯漾卻甜桃，再尋酸棗留連？是果然，意恁堅，指日同往，靈神祠裡同設願。虧心的，上有天，莫辜負此時誓言。

（五）【中呂宮引子，青玉案】

閒花未屬春拘管，浪蝶狂蜂慣爲伴。漫自芳名魁青館。歌喉羞澀，舞腰消損，淚濕春衫滿。

（六）【中呂宮過曲，麻婆子，第三格】

自古道痴心女，痴心大過頭。自古道虧心漢，他虧心你枉自守。浪語閒言莫僝僽。奴家不慮你何憂？怕你吃他負，無人替你羞。

（七）【又，古輪台，第四格】

向花前，月下偏宜共斟酒。啓皓齒聲過行雲，唱歌清曲。卿相神仙，嗜酒拋金擲玉。試看人生，待足何時足？有酒從教醉釅釅，醉鄉堪宿。算美祿不飲非賢，三盃和事，一醉忘愁。開懷納量，一日拚取，斟一壺，百年三萬六千度。

（八）【中呂宮過曲，三句兒煞】

……拚酩酊從教不記取。

（九）【南呂宮過曲，紅衲襖，第三格】

離家鄉經數旬，在程途多苦辛。到得徐州喜不勝，指望問取，娘子信音。見了書便嗔，句句稱官宦門。孜孜的扯破家書，卻把我打離廳。

（十）【又，二犯獅子序】

（宜春令）夫妻事宿世緣，盡今生相會在眼前。（獅子序）乍相見綺羅間，四目頻偷頻盼，兩意多留多戀，便圖諧老百年。（奈子花）願得，如月似鏡長圓。

乙、元雜劇尚仲賢《海神廟王魁負桂英》殘曲輯佚

一、《雍熙樂府》存《王魁負桂英》殘曲一套：

【雙調‧新水令】豈不聞舉頭三尺有神祇，俺人便行一步也有箇當方土地。
　　　　　　想著那應舉去了的折桂郎，那廝做了箇拐恩情的打家賊。
　　　　　　俺別話兒休題，王魁才可招取，俺那海神廟說來的誓。

【夜行船】我望著正面兒尊神忙拜起，哎，吁！長吁了兩次三回辦著我一點

虔心，閣著兩行情淚。哎，耶耶也，則這塌兒是，是俺那送行的田地。

【沉醉東風】則他那人間語天聞若雷，但行處禍福相隨。國家明明的放著王法，耶耶你須暗暗的施著神鬼。各要箇寸心不昧，兀的般棄舊憐新將盟誓違，慣得他碜可可的辜恩負德。

【慶東原】清耿耿將明香來爇，骨碌碌將杯筊擲，則見盡今生到老無拋棄，卻不道夫唱婦隨，夫榮婦貴，俺可是末夫妻來也那福齊。耶耶怎教別人更戴了我金冠，也披我這霞帔。

【喬牌兒】我圖箇甚的？怎承望有今日，成時節自不合道成的容易，今日箇待悔來怎的悔。

【折桂令】元來這乞兒每飽病難醫，我知道這廝負德辜恩枉了我舉案齊眉。那其間忍冷耽饑，窮滴滴少衣無食，大古里怎生般家豪富貴。劃地那厭娼人門戶低微。他如今在宰相家里，別娶了嬌妻，錦帳羅幃，步步兒相隨，永不相離。我一捻兒年紀，耽閣了我身奇，我叫一聲王魁。王魁喋！你營勾了我當甚末便宜。

【胡十八】則為你便試正直，著你做神祇，這的是他負了俺須不是俺虛脾。這殿階前空立一統正直碑，我分付了這壁，我告訴那壁，你為甚將我不應對？元來是這一堂兒都是箇塑來的泥！

【沽美酒】休休休說甚的。罷罷罷再休題。題起來心坎上如同刀刃刺。我這里尋思起就里，淚珠兒似扒推。

【太平令】也是我前緣前世，看承你一年一日，使了我銅斗兒家緣家計，萬貫盤纏盤費，猛可里想起，所為，暢好是下的。他道罵我柳陌花街娼妓。

【川撥棹】我若是到家里，少呵有一千場家閑是非，我可便想著當日我共王魁，陪酒陪食，陪了我身奇。喫了這場拋棄，道不羞恥，則除我臉兒上有千層樺皮。怎當人那閑是非？

【七弟兒】這壁，那壁，阻了些舊相識，怎禁那吵吵戚戚閑牙戲，卻不是五花官誥狀元妻。三簷傘下夫人位。

【梅花酒】呀，今日箇在那里，做了箇使過的公吏，病疴的牙推，可是末村里夫妻，幾時能勾歲歲相隨？稱了那郎君弟心？呀！敢快活殺虔婆五奴意，我卻便最怕的是俺那沒出活的老東西，陪著笑賣查梨，

必定是個廝央及。但見我哭啼啼，斜著眼瞅一會，鑼著嘴罵一會，他道我思量他有情的，長城下做夫妻，范杞良一身虧。

【收江南】呀，待學那孟姜女千里送寒衣，怕俺那謝天香化做一塊望夫石。至少有一千場不著的實，怎生般受的，到不如眼前不見道伶俐。

【尾聲】舊恩情應不的神前誓，新冤讎有似簷前水，再見人有甚面皮。有那閑做伴的浪兒每掂，舊廝守女伴每嫌，則稱了俺那受廝嚷虔婆意。則不如覓個自盡，尋個自縊，兩件事身上命虧：比及做撲帶扣頸上魂，則不如做裙刀兒刃下鬼。

二、趙景深《元人雜劇鉤沈四十五種》附《北詞廣正譜》異文一曲：

【胡十八】爲你忒正直，做神祇。負心不似俺虛脾，殿階前空立著正直碑。

附錄二：《桂英誣王魁海神記》殘曲

（據《群音類選》（七）標目《海神記》，收〈老鴇訓女〉、〈鴇怨王魁〉、〈王魁訴神〉三段）

第一段：老鴇訓女

（桂英唱）

【仙呂點絳唇】墮落塵寰，前生業冤，爲花旦。也是俺惡曜相纏。受多少人輕賤。

【混江龍】幾時得重結良緣，跳出風波黑海是非間。俺如今行在腌臢限，終日價尊前席上，退後趨前，迎新送舊，賣俏營姦，翻尸檢骨，擦背磨肩，排場上一立一箇腿兒麻。酒席間一舞一箇腰肢倦。俺狠毒娘恨不得雅青鈔壘做本司墻，馬蹄金砌就了勾欄院。

【油葫蘆】你知那虔婆每心難滿，管甚麼心兒願？他絮聒聒口內常啼，但有個俊俏人兒，偏獻他眼，你便是醜回回也索留連，豈不聞女愛的娘又嫌，女意懶娘心願，他愛的是金銀錢鈔綾羅段。管甚麼聰明伶俐心情善？因此上好教俺做人難。

【天下樂】你道我憔悴形容不耐看，暮廢寢、晝忘餐，何時得遂我心頭願？及至俊俏的錢上奸，鈔廣的村不慣，兩件兒不得周全。

【那吒令】看了他心源，無物可比堪，似萬丈的深潭，最難平難滿，雖似狗背狼肝，最無情無臉。他只待哄進鬼門關，啜入連雲棧，恨不的骨肉摧殘。

【鵲踏枝】他只待正愛中價轉加，著緊處將人慢，他愛的寶鈔金資，管甚麼

清濁愚賢？你若是儘他心足意兒滿，那怕你有百車千船。

【上馬嬌】雖不結一世姻，也是俺前生願。呀！你道是錢鈔買追懽，豈不聞同船一渡是前緣？況與他共枕眠？

【勝葫蘆】你道是露水夫妻情意淺，只不過為營錢，三五日時光有甚麼罕？你貪心無厭，千謀萬計，用盡了巧機關。

【么】你我門風不是甚麼罕，要人敬最為難，俺道是積玉堆金為飽煖，不如我一心堅節，半點無移，也落個好名傳。

案：以下應為老鴇唱

【寄生草】糖話兒虛承奉，蜜口兒巧話瞞，淫聲艷語胡趔訕，人前席上偷情看，星前月下燃香願，陪著他一眠一個日三竿，要耍呵一耍一箇更深半。

【么】虛說著哭嫁計，假使著走死奸，家長裡短將他勸，遲疾早晚隨他便，離多會少逢人念。全憑著哭哭啼啼假慈悲。常與他打打撲撲胡廝亂。

【么】你若依著娘的喬作弄，聽著我的巧語花言，我哄得他東西行走隨身轉，年宿月住心不厭，攝來呼去憑咱亂，任從他說長道短是和非，只與他蠻纏胡攪歪廝占。

【么】不怕他不動情，不怕他乖滑慣，哄得他瞞妻棄子將咱戀，親貢朋恥心無怨，花銀使鈔不惜籌，但不順呵！我將他無疼熱的派差使，但不依呵！還褒貶他是使錢奸漢。

【后庭花】憑著你假疼熱，虛軟款，不怕他多伶俐，能久慣，饒他似狼虎雄心惡，俺禁持他似綿羊般性兒軟，非是俺圖貪，有甚麼清濁分辨，愛的是鈔共錢，嫌的是詩與篇，管甚麼愚共賢，論甚麼民與官，使不得滑與奸，說不得長共短。

【青歌兒】呀！俺只待暮聚朝散，有什麼諧老心願，又無有南畝桑麻北畝田。止不過席上尊前，賣俏營姦，退後趨前，巧語花言，俺與他風花相干，雪月相關，對人前撒會村，調會嘴，訕會言，這便是咱營幹。

【尾聲】俺慣害的是著人傳槽病，慣使的是損人利己錢。但來呵！不怕他才過子建，德勝顏淵，有隋何舌便，陸賈機關，蒯通能言，總風

流軟款，饒乖滑久慣，少不的依著俺把山來重的差使擔兒擔。

第二段：鴇怨王魁

案：老鴇唱

【正宮端正好】糴風月，作生涯，調粧日，爲活計，男不耕，女不織，止不
過鼓笛簫板咱生意，有甚麼別來利。

【滾繡毬】常則是伴他人浪蕩夫，接尊前殘酒杯，待官長吞聲忍氣，遇無徒
做小伏低，論賤呵我不言，遇貴時貴莫及，端的是隨夫賤隨夫高
貴。其實俺一番遇一番新奇，憑著咱談天說地沙糖口，常使著昧
己瞞心啜鈔機，神鬼莫測。

【叨叨令】俺糴的是風，糴的是月，生長在煙花內，俺愛的是錢，喜的是鈔，
管甚麼賢愚輩？只買的我心兒足，意兒滿，管教怎成雙對。依不
的他女情投，郎情順，他兩個心相遂。俺愛的是錢也麼哥，俺愛
的是錢也麼哥，你便就文成章，詩成聯，也當不的銀來兌。

第三段：王魁訴神

案：王魁唱

【耍孩兒】起初時爲閒遊，到後來被啜哄。糖舌蜜口隨他弄，被中枕上牙疼
咒，背後人前假唧噥。有許多，喬搬弄，但閒時雙陸棋子，略悶
來象板銀箏。

【二煞】珠簾放下鉤，窗檻遮了明，直睡到一竿日上還不動，欠起身來頭
腦酒，纔下床來又點心，慢慢的梳粧整，纔安排飯，又早日中。

【三煞】日中時出不得門，各房中散悶行，你邀我請胡廝弄，大姐講會衷
腸話，二姐特邀閒敘情，出來的，胡相鬨。問一會鄉貫，敘一會
年庚。

【四煞】一個道雙陸賭利物，一個道骨牌看個東，象棋要賭三盤勝，圍棋
四面相截殺，擲豹中間要搶紅，百棋子，多爲勝，紙牌鬥意，五
混丁沖。

【五煞】輸了的置酒席，請一夥浪蕩朋，投壺打馬并行令，猜拳兩見三盃
酒，犯令該罰一巨鍾，出席的，相穿敬，一個叫負投壺酒，一個

道前領巡鍾。

【六煞】做一個醉思鄉王仲宣，扮一會雞黍約范巨卿，做一個販茶船雙漸
把蘇卿送，扮一個關大王獨赴單刀會，做一會劉玄德三出小沛中，
扮一個諸葛亮七擒七縱，做一個打虎存孝，扮一會牧羝蘇卿。

【七煞】他三弦合會篹，琵琶相和箏提琴響盞笙亦弄，札板打會十棒鼓，
笛管吹曲鬧五更，彈一段相思令，跳一會鬼判，舞一會觀音。

【八煞】老忘八鑽會圈，小妮子曬會繩，踢瓶弄碗來搓弄，猱兒扮會雙頭
舞，倈子粧成獨腳行，耍院本，胡攻襯，跳一會彈子，舞一會旋
風。

【九煞】三更時纔得眠，恰合眼又早明，醒來依舊亦前弄，他花花綠綠迷
魂陣，熱熱烘烘錦窠營，怱乖滑，中何用，使不的久慣，用不著
聰明。

【十煞】老虔婆假意留，小妮子用心哄，張筵置酒虛承敬。吟詩作賦淹留
日，低唱高歌消悶情，他大小胡相鬨，一個留姐夫且住，一個呼
舅舅權停。

【十一煞】你掌江湖件件知，風月情不慣經，他家圈套拴縛定，張筵置酒蝦
鉤鯉。寄柬傳書勾引情，派差使，安排定，今朝是小姨滿月，明
日是老鴇的生晨。

【十二煞】生晨段或羅，滿月鐲共簪，花紅羊酒隨心送，他三年只好添一歲。
半載常逢兩度生，是這等，喬作弄，一來是尋討他人子女，記不
清幾個月日生晨。

【十三煞】他非實做生，明啓發分外銀，虛托假借來相混，大姐孤老添花襖，
二姐情人光素裙，看姐夫，相賠甚，不便時白銀幾兩，或加魯酒
一尊。

【十四煞】那其間只要強，恐怕他褒貶村，爭強顯勝各攎俊。惟求鴇兒心內
喜，要使丫頭意氣真，只買他個心情順，恐生外意，怕起別心。

【十五煞】委實的知是虛，昧著心當做真，人前客內多誇論，對著朋友銀不
使，瞞著妻兒不接人。只哄的，自家信，分明與他遮蓋，恐怕人
說有別因。

【十六煞】我使了無數錢，他不將當一文，我痴心實意如真信，要穿紗時連
段買，他心愛銀時換與金，我和他，不分論。只當做夫婦，豈論

是他人？

【十七煞】我與他置渾身錦繡衣，滿頭首飾金，紗幃羅帳并鋪陳。大小粧奩從頭買，前後房廊總換新，說與他，難憑信。他弟兄妻我與他銀娶，小姊妹是我錢尋。

【十八煞】他雖是娼妓家，其實的下賤名，高人貴客多陪奉，奇物異貨他多用，公子王孫最愛憐。說與人，難憑信。吃飯食時新罕物，穿綾羅異樣花紋。

【十九煞】女人高枕眠，男兒袖手行，偎紅倚翠偏花用，穿羅著錦無緝織，門戶差役不種耕。又無甚，別營運，惟憑賣俏，只靠迎人。

【二十煞】梳攏幾套木，入馬數錠銀，上頭首飾鋪陳，住夜宿錢逐宵箄。包月房金論包稱，派差使，難慳吝。昨欠他些羅段銀望姐夫那借，今少些柴米錢累逼官人。

【二十一煞】他將我鈔哄絕，忽上心另有人，惠謙名字呼天遜，將他藏隱別房舍。假意推辭去看親，說姨娘，得急症，哄我在他房獨宿。定機關另有別人。

【二十二煞】說誓都是虛，燃香總是空。各人自把機謀定。他不依我別生意，我不從他另起心。大家都、胡廝混。他常安排詬鬼，我暗使瞞神。

案：下句似為桂英唱

【二十三煞】不合誣枉他，委實另有人。又不合追取平人命，非干賤妾失盟誓。委實親娘苦逼臨。無奈何，依從信，我見他官高榮重，因此上輒起奸心。

案：下句似為海神唱

【二十四煞】誣告人割去舌，哄瞞人剜了心。迎新棄舊一百棍，拋撒米面銅汁灌，虛費珍饈與他鐵子吞，坑陷人該風雷震。枉柴炭火車地獄。賤綾羅該受寒村。

【二十五煞】耕地牛苦鞭笞，駝腳驢不暫停。報應他前生棄舊迎新病。只因他不耕不織多過分，今著做狗為羊被宰烹。改不得他猱猴性。著他做驛路上應付的站馬，鄉村內餧養的猪豚。

【二十六煞】走獸中受盡業，飛禽內又轉生，山雞野雉沙雞共，百舌畫眉并鸚鵡，只為他口巧舌能被索籠。囚著他，疏狂性，做鷦鷯能爭

好鬥，變山雞唱曉啼明。

【二十七煞】賴蝦蟆配共知，屎蜣螂臭有名，蛇蝎原報他毒性強，蜈蚣蚰蜒并蛐蟮，狗蚤壁虱共餓蚊。攪人寢，不寧淨，或變牛蟒土狗，化作螵蛸蛆蟲。

【尾聲】且押送去酆都暫監囚。地獄中慢慢依律從頭論，似這等自作的惡業誰替恁。

附錄三：王玉峰《焚香記》人物及齣目介紹

一、人物表

生——王魁　　　　　　　　旦——敫桂英

丑——謝媽媽　　　　　　　外——謝惠德

占（貼）——二姨　　　　　小生——種諤

淨——胡亂道　　　　　　　淨——金壘

二、齣目內容概述

卷　上

第一　齣〈統略〉末開場──交代劇情

第二　齣〈相決〉王魁看相，相士預言其後極貴，又打算介紹桂英與魁。
　　　　此處並交代王魁身世，言其父母早亡。而相士也預言了王
　　　　魁將會高中，桂英有夫人之命。這一切似乎均是命中早已
　　　　註定。

第三　齣〈閨歎〉敫桂英出場，說明己乃出自名門，奈何父母雙亡，乃賣身葬
　　　　父，不幸淪落煙花，然猶潔身自愛。

第四　齣〈訪姻〉王魁拜訪胡相士請他同往鳴珂巷尋有緣人（即桂英）。

第五　齣〈允諧〉王魁訪桂英，與媽媽談妥條件，二人立即成親。

第六　齣〈設謀〉金壘欲用錢財迫桂英改嫁於他，王魁乃入贅謝家。

第七　齣〈赴試〉王魁與朋友吟詩賞花，訂期上京。

第八　齣〈逼嫁〉謝媽媽逼桂英改嫁金壘，桂英不允。

第九　齣〈離間〉媽媽嫌棄王魁，桂英邀王魁同往海神廟立誓。

第十　齣〈盟誓〉王魁、桂英二人海神廟盟誓，各矢忠貞，永不相負。

第十一齣〈藩籬〉韓琦派種諤鎮守徐州。（第二線）

第十二齣〈餞別〉媽媽、二姨為王魁餞別，桂英剪髮贈君。

第十三齣〈登程〉王魁與張伯俊及丑、淨四人赴試途中。

第十四齣〈立志〉桂英做衣服、詩寄王魁，二姨試探桂英，桂英表明其志。

第十五齣〈看榜〉王魁看榜得知自己高中狀元。

第十六齣〈卜筮〉桂英占卜、算命，說夫妻先離後合。

第十七齣〈議親〉丞相韓琦欲將女兒許配王魁，託媒婆前去說媒。

第十八齣〈辭婚〉王魁以家有糟糠拒親。

第十九齣〈羨德〉丞相明理，不因被拒惱怒，反讚王魁之德。

第二十齣〈託寄〉王魁赴徐州，找賣登科錄者代傳家書往萊陽。

第廿一齣〈榮餞〉丞相韓琦餞別王魁，並預言其日後必定進擢。

第廿二齣〈讒書〉金壘路上換了王魁的家書。

卷　下

第廿三齣〈赴任〉王魁赴任途中

第廿四齣〈搆禍〉謝媽媽已收下金壘聘金，逼桂英改嫁金壘。收到金壘掉包的家書，桂英怒恨交加。

第廿五齣〈設宴〉種諤驛館拜見王魁。

第廿六齣〈陳情〉桂英前往海神廟申訴其冤，暫睡片刻，海神言須待桂英陽壽終時，才能與他折證，桂英以羅帕自盡。因日前算命曾說桂英有兩晝夜黃泉之厄，故家人將之暫置空房看守一二日。

第廿七齣〈明冤〉桂英鬼魂再到海神廟訴冤，海神命差鬼兵二十名，與桂英鬼魂同去攝取王魁靈魂來。

第廿八齣〈折證〉王魁在寓所魂被桂英捉去見海神。

第廿九齣〈辨非〉王魁魂、桂英魂同在海神面前辨明真假家書原委，二人還魂。

第三十齣〈回生〉青牛道人助桂英回生，桂英說明緣由，媽媽不敢再叫桂英改嫁。

第卅一齣〈驅敵〉西夏張元攻打徐州。

第卅二齣〈傳箋〉王魁再寫書一封令王興親自送到家去，接家屬同來徐州。但
又因軍情緊急必須關閉城門戒嚴，因此王興又不得成行。
王魁乃與種諤定退敵之法。

第卅三齣〈滅寇〉張元大敗，落荒而逃。

第卅四齣〈虛報〉金壘收買一徐州小卒，前去鳴珂巷虛報消息，說王魁死在
亂軍之中。桂英聞訊悲慟欲死，幸虧姨娘懷疑此訊虛實，
勸慰桂英，隨後謝公也道：聽說徐州賊兵已被殺退，王魁
之死恐為虛傳。

第卅五齣〈雪恨〉張元進兵萊陽。

第卅六齣〈軍情〉王魁得軍情知張元進兵萊陽，種諤願親自領兵至萊陽，王
魁並派王興攜家書一同前往，迎取家眷，又吩咐處治金壘
事。

第卅七齣〈收兵〉張元在萊陽被種諤戰敗而逃。

第卅八齣〈往任〉謝公打聽得真消息，證實前日所傳王魁之死為虛。王興信
到，迎接家眷一同隨軍前往徐州。

第卅九齣〈途中〉種諤差兵密拿金壘，金壘遁逃，後仍被捉住，送往徐州。

第四十齣〈會合〉金壘受刑而死，王魁一家團圓。王魁與種諤勦寇有功雙雙
陞官。

附錄四：近代說唱中的王魁故事

甲、子弟書（單唱鼓詞）〈陽告〉（《清蒙古車王府藏曲本》二九九函二冊）

紅顏薄命事堪傷，千古鍾情惹斷腸，

婚姻自是由天定，伉儷原非力勉強。

星前月下終爲恨，柳約花盟久必忘。

傲桂英只因誤適忘恩婿，竟成了畫兒中的寵愛鏡兒裡的情郎。

這佳人雖係煙花身子兒賤，可喜他性情幽靜體態端莊。

自幼兒最好讀書通翰墨，吟詩作賦曉文章。

雖在風塵深爲抱愧，常思擇配意欲從良。

因見王魁青雲有望，認作是終身的恩愛到底的情腸。

因此上許託終身一言爲定，向海神廟雙雙祝告設誓焚香。

又助貲財王魁赴試，臨別時有許多的惆悵無限的徬徨。

不料那王魁自去無消息，一別數載音信茫茫。

這佳人兒幾欲修書奈無鴻便，忽一日京中有信到萊陽，

傲桂英喜接來書啓封細看，見上寫著王魁親筆致意娘行，

學生僥倖今得中，不才身惹御爐香，

本待要迎請芳卿相聚首，奈父命重尋配偶另娶妻房。

念學生難以自專芳卿見諒，不妨你另尋佳配再效鸞凰。

佳人看罷書中意，不亞如姣花被雨落葉經霜。

悲切切聲兒難出把脖頸兒堵，痛哀哀芳心兒似裂杏臉兒焦黃。

半餉悲噎一聲兒長歎，不由得秋波珠淚滾千行。

昏沈沈難支弱體心如醉，怔病病眼看著來書幾斷腸。

悲思道王魁負義將奴棄，可憐我進退無依甚可傷。

他到說父命難違重配偶，分明是身居富貴改變了心腸。

想來還是奴家錯，不該誤適薄情郎。

嘆奴家薄命遭逢今至此，竟成了蘆花明月兩茫茫。

想當初萍水相逢恩深義重，相憐相愛是那樣的情腸。

奴念他仕宦名流譽門秀士，一時流落遁跡萊陽。

所以我一旦傾心把終身許付，資助他求取功名赴帝邦。

奴指望脫卻風塵夫榮妻貴，誰知他心非口是一味的荒唐。

可恨他閃賺奴家無依無靠，卻叫我此身何處寄行藏？

佳人想到傷心處，不由得淚珠兒點點透衣裳。

又想起分手的時節奴家送別，我二人海神廟內盟誓焚香。

這如今他毀卻前言將奴棄閃，我何不神前祝告訴一訴衷腸？

這佳人獨步郊原臨曠野，只見那一天蕭氣滿目秋光。

望眼天涯悲哽哽，傷心有淚恨茫茫。

冷迢迢幾片雲山迷雁影，慘淡淡無邊林木鎖斜陽。

凄涼涼風景蕭然魂欲斷，痛哀哀淚灑西風打面涼。

不多時早見神堂依海岸，滔滔水勢一片汪洋。

又見那樹影寒煙人蹤兒寂寂，山啣夕照日影兒蒼蒼。

這佳人走至神前輕拜倒，未曾啟齒淚汪汪。

說神靈啊！奈奴遭遇薄情婿，奴特來神前訴告那負心的郎。

想當初神前祝告同盟誓，曾說到生同歡笑死共悲傷，

到而今負卻前言將奴棄閃，望神明速施報應早降其殃。

傲桂英拜告多時見神明默默，又回頭見兩邊的鬼判氣概昂昂，

不由得怒氣填胸用手一指，說你二人如何也不語難道沒個心腸？

卻緣何推啞裝聾要你們何用？忙上前把泥神推倒塵土飛揚。

恨漫漫一陣昏沉身體倦，悶悠悠芳心迷亂盹睡在神傍。

恍惚惚見神明震怒說：王魁負義，非吾不曉但分屬陰陽。

桂英欲曉循環理，除非是陰間赴告自有個昭彰。

這佳人猛自覺來心暗訝，說原來是神明指教已曉其詳。

罷了麼天哪！拼這條薄命往陰曹去，強似奴抱這終身的冤苦受這沒
世的淒涼。

乙、蘇州彈詞

一、〈情探〉（蘇州彈詞流派唱腔‧麗調（一）徐麗仙演唱，1961 年錄音）

梨花落，杏花開，桃花謝，春已歸。花謝春歸你郎不歸！

奴是夢繞長安千百遍，一會歡笑一會悲，終宵哭醒在羅幃。

到曉來，進書齋，不見你郎君兩淚垂。

奴依然當你郎君在，手托香腮對面陪，兩盞清茶飲一杯。

奴推窗祇把你郎君望，不見郎騎白馬來。

直至那一天，秋水望穿佳信轉，喜從天降笑顏開，

奴眼花心跳從頭看，那知曉一紙休書將我性命催，肝腸寸斷手難抬。

姐妹成群來道喜，笑問狀元何日回？

又說道官誥皇封非容易，都是你識寶的鳳凰去爭得來。

善良心畢竟有光輝，奴是眼睛盈眶陪笑臉，渾身冰冷口難開。

可歎呀！想人間事太悲哀，

願把身軀化作灰，好飛向郎前訴一番。

二、〈陽告〉（蘇州彈詞流派唱腔‧麗調（一）徐麗仙演唱，1961 年錄音）

神爺，菩薩，王魁負我，苦命女兒敷桂英，含冤負屈告神靈。

我在那雪地相救王魁轉，在那患難之中結成婚。

伴讀三年我非容易，全憑十指做營生。

神爺呀！在那臨行之前來此地，到菩薩跟前把香焚。

他在那神前立下宏誓願，與我今生今世不離分。

他說道若然拋棄我桂英女，願入地獄不超生。

神爺，如今他中了狀元昧良心，相府門中招了親，休妻再娶可該應？

我要問問你神爺可知聞？要與我苦命的桂英來作主，我要與那王魁
質對辯分明。

我喚蒼天，天不應，求海神，神不靈。

難道我海底沉冤無處伸？難道說夫妻短短如春夢？難道說海誓山盟
不當真？

難道說拋棄我終身如兒戲？難道說恩將仇報是理該應？

我宰相狀元都不怕，上天入地也要尋，與你生死冤家不離分。

我活在人間無申訴，拼將一死赴幽冥。

我的魂靈兒也要到京城，我要問一問，我那無情無義、棄舊戀新，

一紙休書送我殘生的王魁呀，負心漢，爲什麼你狠心腸撇下妻房敫

桂英？

三、〈桂英自盡〉（蘇州彈詞流派唱腔‧嚴調——嚴雪亭演唱，1957 年錄音）

（　桂英白）	爹爹啊爹爹，女孩兒來了，喔唷——
（唱）	哭斷肝腸痛斷魂，一腔怨恨訴無門，
	想奴奴畢竟娼門女，被人欺侮被人輕，
	海底沉冤無處伸，身世飄零遭遇苦，
	眼前無處去存身，恨煞王魁情義薄，唸書人變做了狠心人。
	忘恩負義心腸毒，有了新人棄舊人；不由人不更傷心。
（唱離魂調）	雨急風狂天地變，耳邊又聞響雷聲。
	哭得桂英腸欲斷，猶如死去又回魂。
（白）	苦啊——欲要上天天無路，可稱入地地無門。
（白）	罷啊——人生到此希望盡，渺渺芳魂只得命犧牲。

參考書目

（分爲一、有關王魁故事之書目，二、戲曲著作，三、一般著作，四、期刊論文四大類，以下再分若干小類，各小類中以作者姓氏筆劃由少至多依序排列。）

一、有關王魁故事之書目

（甲）詩歌、筆記、話本

1. 不詳撰人：《摭遺新說》，收入《永樂大典》七十一冊。臺北：世界書局，民國 66 年再版。

2. 不詳撰人：《最娛情》，順治年間刻本。收入劉世德、陳慶浩、石昌渝主編《古本小說叢刊・第二六輯・第四冊》，北京：中華書局出版。

3. 王世貞撰：《豔異編》（全名《新鐫玉茗堂批選王弇洲豔異編》），明刊本。收入國立政治大學古典小說研究中心主編《明清善本小說叢刊第二輯・短篇文言小說（二）筆記》，臺北：天一出版社印行。

4. 李獻民撰：《雲齋廣錄》（全名《新雕雲齋廣錄》），金刊本，藏臺灣臺北國家圖書館。

5. 周密撰：《齊東野語校注》（朱菊如等校注）。上海：華東師範大學出版社，1987 年。

6. 岳濬修、杜詔纂：《山東通志》（四庫全書本）。臺北：商務印書館景印，民國 72 年出版。

7. 柳貫撰：《王魁傳》，收入蔣廷錫等編撰：《古今圖書集成・閨媛典・卷三百六十二・閨恨部》。

8. 秦淮寓客輯：《綠窗女史》，明刊本。收入《明清善本小說叢刊》第二輯・短篇文言小說（一）傳奇，臺北：天一出版社印行。

9. 張邦幾撰：《侍兒小名錄拾遺》，明・商濬輯《稗海》，臺北：大化書局據振鷺堂原刻本影印，民國 74 年。

10. 張師正撰：《括異志》，收入《四部叢刊廣編・三○》，臺北：臺灣商務印書館印行，民國 70 年。

11. 梅鼎祚撰：《青泥蓮花記》，排印本。收入臺北：廣文書局印行《中國近代小說史料彙編》，民國 69 年。

12. 曾慥撰：《類說》（明天啓六年新野知縣岳鍾秀刊本）。收入臺北：新興書局《筆記小說大觀・三十一編・冊四》，民國 69 年。

13. 馮夢龍撰：《情史類略》，長沙：岳麓書社，1984 年。

14. 羅燁撰：《新編醉翁談錄》，臺北：世界書局校正標點本，民國 72 年五版。

（乙）劇本

1. 丁振遠撰：京劇《焚香怨》，《大舞台》，1989 年第 3 期。

2. 不詳撰人：川劇《情探——王魁與桂英》，收入劉振魯輯《當前臺灣所見各省戲曲選集・上冊》，臺中市臺灣省文獻委員會編印，民國 71 年。

3. 王玉峰撰：《焚香記》，收入明・毛晉編《六十種曲・第七冊》，北京：中華書局，1990 年。

4. 王玉峰撰：《玉茗堂批評焚香記》，明刻本。收入《全明傳奇》，臺北：天一出版社。（《古本戲曲叢刊》初集第五十五種，收入同一版本。）

5. 王玉峰等撰：《焚香記、偷甲記》，吳書蔭點校本。北京：中華書局，1989 年。

6. 田漢撰：京劇《情探》，收入《田漢文集・九》，北京：中國戲劇出版社出版，1983 年。

7. 田漢、安娥編：晉劇《打神告廟》，收入郭恩德、趙華雲主編《山西戲曲折子戲薈萃》，北京：中國戲劇出版社，1989 年。

8. 朱禧撰：崑劇《新編焚香記》，江蘇崑劇團演出。劇本收入《江蘇戲劇叢刊》，1984 年第 3 期。

9. 李玉茹撰：京劇《青絲恨》，《劇本》，1984 年 1 月號，頁 41～62。

10. 呂仲撰：京劇《義責王魁》，《劇本》，1959 年 5 月號，頁 71～76。

11. 俞大綱撰：京劇《王魁負桂英》，收入《俞大綱全集・劇作卷》，俞大綱紀念基金會主編，臺北：幼獅文化事業公司，民國 76 年。

12. 趙熙撰：川劇《情探》，收入王起主編《中國戲曲選・下》，北京：人民文學出版社，1990 年。

（丙）其他

1. 子弟書（單唱鼓詞）〈陽告〉全串貫。收入首都圖書館編輯《清蒙古車王

府藏曲本》第二九九函二冊，北京：北京古籍出版社，1991 年。

2. 越劇《情探》，上海越劇院 1980 年實況演出錄音。

3. 蘇州彈詞〈桂英自盡〉。蘇州彈詞流派唱腔・嚴調——嚴雪亭演唱，1957 年錄音。

4. 蘇州彈詞〈情探〉。蘇州彈詞流派唱腔・麗調（一）徐麗仙演唱，1961 年錄音。

5. 蘇州彈詞〈陽告〉。蘇州彈詞流派唱腔・麗調（一）徐麗仙演唱，1961 年錄音。

二、戲曲著作

（甲）民國以前

1. 止雲居士編、白雪山人校：《萬壑清音》，收入王秋桂編《善本戲曲叢刊・第四輯》，臺北：臺灣學生書局，民國 73 年影印。

2. 王世貞撰：《曲藻》，收入中國戲曲研究院編《中國古典戲曲論著集成・四》，北京：中國戲劇出版社，1982 年。

3. 王季烈、劉富樑合輯：《集成曲譜》，臺北：古亭書屋，民國 58 年影印。

4. 王國維、董康等人重訂：《曲海總目提要》，清乾隆乙亥年刻本，臺北：新興書局，民國 58 年。

5. 朱權撰：《太和正音譜》，影寫洪武間刻本，臺北：學海出版社，民國 80 年。

6. 朱有燉撰：《香囊怨》，收入陳萬鼐主編《全明雜劇・第三冊》，臺北：鼎文書局，民國 68 年。

7. 吳明輝編、蘇雲樵抄錄：《南音錦曲選集》，菲律賓宿務市：太平洋印刷廠發行。

8. 呂天成撰、吳書蔭校注：《曲品校註》，北京：中華書局，1990 年。

9. 呂錘寬撰輯：《泉州弦管（南管）指譜叢編》，行政院文化建設委員會出版，臺北：學藝出版社發行，民國 76 年。

10. 沖和居士編：《怡春錦》，收入王秋桂編《善本戲曲叢刊・第二輯》，臺北：臺灣學生書局。

11. 李玉撰：《北詞廣正譜》，收入王秋桂編《善本戲曲叢刊・第五輯》。

12. 李漁撰：《閒情偶寄》，收入中國戲曲研究院編《中國古典戲曲論著集成・七》，北京：中國戲劇出版社，1982 年。

13. 周之標編：《樂府珊珊集》，收入王秋桂編《善本戲曲叢刊・第二輯》。

14. 周德清撰：《中原音韻及正語作詞起例》（李殿魁校訂），臺北：學海出版

社，民國 67 年。

15. 怡庵主人編：《六也曲譜》，臺北：臺灣中華書局，民國 66 年。

16. 玩花主人編選，錢德蒼續選：《綴白裘》，收入王秋桂編《善本戲曲叢刊·第五輯》。

17. 祁彪佳撰：《遠山堂曲品》，收入中國戲曲研究院編《中國古典戲曲論著集成·六》。

18. 青溪菰蘆釣叟編：《醉怡情》，收入王秋桂編《善本戲曲叢刊·第四輯》。

19. 姚華撰：《菉猗室曲話》，收入任中敏編《新曲苑》（三）第三十三種，臺北：臺灣中華書局印行。

20. 姚燮撰：《今樂考證》，收入中國戲曲研究院編《中國古典戲曲論著集成·十》，北京：中國戲劇出版社，1982 年。

21. 柯丹丘撰：《新刻原本王狀元荊釵記》，清人影鈔明嘉靖間姑蘇葉氏所刻夢僊子校本，收入《全明傳奇》。

22. 胡文煥編：《群音類選》，收入王秋桂編《善本戲曲叢刊·第四輯》。

23. 香月居顧曲散人編：《太霞新奏》，收入王秋桂編《善本戲曲叢刊·第五輯》。

24. 凌虛子編：《月露音》，收入王秋桂編《善本戲曲叢刊·第二輯》。

25. 徐復祚撰：《紅梨記》，收入毛晉編《六十種曲》，北京：中華書局，1990 年。

26. 徐渭撰、李復波、熊澄宇注釋：《南詞敘錄注釋》，北京：中國戲劇出版社，1989 年。

27. 梁廷枏撰：《曲話》，收入中國戲曲研究院編《中國古典戲曲論著集成·八》。

28. 許宇編：《詞林逸響》，收入王秋桂編《善本戲曲叢刊·第二輯》。

29. 郭勳編：《雍熙樂府》，明嘉靖刊本，收入《四部叢刊廣編·五○》，臺灣：臺灣商務印書館，民國 70 年。

30. 陳鐸撰：《陳鐸散曲》（楊權長點校），散曲聚珍叢書，上海：上海古籍出版社，1986 年。

31. 無名氏編：《歌林拾翠》，收入王秋桂編《善本戲曲叢刊·第二輯》。

32. 無名氏編：《樂府歌舞臺》，收入王秋桂編《善本戲曲叢刊·第四輯》。

33. 無名氏撰：《傳奇彙考標目》，收入中國戲曲研究院編《中國古典戲曲論著集成·七》。

34. 黃文暘撰：《重訂曲海總目》，收入中國戲曲研究院編《中國古典戲曲論著集成·七》。

35. 葉堂編：《納書楹曲譜》，收入王秋桂編《善本戲曲叢刊·第五輯》。

36. 劉鴻溝編錄：《閩南音樂指譜全集》，臺北：學藝出版社，民國 68 年。

37. 鋤蘭忍人選輯，媚花香史批評：《玄雪譜》，收入王秋桂編《善本戲曲叢刊‧第四輯》。

38. 鍾嗣成撰：《校訂錄鬼簿三種》（王鋼校訂），河南：中州古籍出版社，1991年。

（乙）民國以後

1. 王永健撰：《中國戲劇文學的瑰寶──明清傳奇》，南京：江蘇教育出版社，1989年。

2. 王國維撰：《觀堂曲學名著八種》，臺北：盤庚出版社，民國67年。

3. 李國俊撰：《繡襦記及其曲譜之研究》，臺北：文化大學中研所民國73年碩士論文。

4. 李殿魁撰：《雙漸蘇卿故事考》，臺北：文史哲出版社，民國68年。

5. 杜波等編：《蒲州梆子劇目辭典》，北京：寶文堂書店，1989年。

6. 周明泰輯：《五十年來北平戲劇史料》，臺北：廣文書局，民國66年。

7. 孟繁樹撰：《中國板式變化體戲曲研究》，臺北：文津出版社，民國80年。

8. 青木正兒撰：《中國近世戲曲史》（王古魯譯）。臺北：臺灣商務印書館，民國77年。

9. 俞為民撰：《宋元南戲考論》，臺北：臺灣商務印書館，民國83年。

10. 洛地撰：《戲曲與浙江》，杭州市：浙江人民出版社，1991年。

11. 胡世厚、鄧紹基編：《中國古代戲曲家評傳》，河南：中州古籍出版社，1992年。

12. 張庚、郭漢城撰：《中國戲曲通史》，臺北：丹青圖書公司，民國74年。

13. 莊一拂編：《古典戲曲存目彙考》，上海：上海古籍出版社，1982年。

14. 郭恩德等編：《山西戲曲折子戲薈萃》，北京：中國戲劇出版社，1989年。

15. 陳錦釗撰：《子弟書之題材來源及其綜合研究》，臺北：政治大學中研所，民國66年博士論文。

16. 陸侃如、馮沅君撰：《南戲拾遺》，哈佛燕京學社出版，臺北：古亭書屋，民國58年。

17. 陸萼庭撰：《崑劇演出史稿》，上海：上海文藝出版社，1980年。

18. 傅惜華撰：《明雜劇考》，臺北：世界書局，民國71年。

19. 程梅笑撰：《王魁戲考論》，未出版，上海戲劇學院1991年6月碩士論文。

20. 華迦、關德富撰：《關於幾個戲曲理論問題的論爭》，北京：文化藝術出版社，1986年。

21. 隋樹森編：《元曲選》，臺北：宏業書局，民國71年。

22. 隋樹森編：《元曲選外編》，臺北：宏業書局，民國71年。

23. 隋樹森輯：《全元散曲》，臺北：漢京出版社，民國 72 年。

24. 趙景深撰：《元明南戲考略》，北京：人民文學出版社，1990 年。

25. 趙景深撰：《元人雜劇鉤沉四十五種》，臺北：世界書局，民國 71 年。

26. 楊孟衡等編：《中國梆子戲劇目大辭典》，太原市：山西人民出版社，1991 年。

27. 楊明、顧峰編：《滇劇史》，收入《中國戲曲劇種史叢書》，北京：中國戲劇出版社，1986 年。

28. 福建省戲曲研究所、泉州地方戲曲研究社、莆仙戲研究所編：《南戲論集》，北京：中國戲劇出版社，1988 年。

29. 齊曉楓撰：《雙漸與蘇卿故事研究》，臺北：文史哲出版社，民國 77 年。

30. 劉念茲撰：《南戲新證》，北京：中華書局，1986 年。

31. 潘江東撰：《白蛇故事研究》，臺北：臺灣學生書局，民國 70 年。

32. 編輯部編：《中國戲劇年鑑 1983》，北京：中國戲劇出版社，1983 年。

33. 編輯部編：《中國戲劇年鑑 1984》，北京：中國戲劇出版社，1985 年。

34. 編輯部編：《中國戲劇年鑑 1989》，北京：中國文聯出版公司，1990 年。

35. 編輯部編：《中國戲劇年鑑 1990～1991》，北京：中國戲劇出版社，1993 年。

36. 鄭子褒（梅花館主）編：《大戲考》，收入劉紹唐、沈葦窗主編《平劇史料叢刊》第一輯，臺北：傳記文學出版社，民國 63 年。

37. 鄧運佳撰：《中國川劇通史》，成都：四川大學出版社，1993 年。

38. 盧前撰：《明清戲曲史》，臺北：臺灣商務印書館，民國 77 年。

39. 錢南揚撰：《戲文概論》，臺北：木鐸出版社，民國 77 年。

40. 錢南揚撰：《永樂大典戲文三種校注》，臺北：華正書局，民國 74 年。

41. 錢南揚撰：《宋元南戲百一錄》，哈佛燕京社出版，臺北：古亭書屋，民國 58 年。

42. 龍彼得輯：《明刊閩南戲曲弦管選本三種》，臺北：南天書局，民國 81 年。

43. 羅錦堂撰：《元雜劇本事考》，臺北：順先出版公司，民國 65 年。

44. 顧學頡撰：《元明雜劇》，臺北：國文天地雜誌社，民國 80 年。

三、一般著作

（甲）民國以前

1. 王安石撰：《王安石全集》，臺北：河洛圖書出版社，民國 63 年。

2. 何薳撰：《春渚紀聞》，上海書店影印涵芬樓本。

3. 沈括撰：《夢溪筆談》，人人文庫，臺北：臺灣商務印書館，民國72年。

4. 李燾撰：《續資治通鑑長編》（文淵閣四庫全書本）。臺北：臺灣商務印書館，民國72年。

5. 周密撰：《武林舊事》，與《東京夢華錄外四種》合刊。臺北：大立出版社印行，民國69年。

6. 胡應麟撰：《少室山房筆叢》，臺北：世界書局，民國69年。

7. 紀昀撰：《閱微草堂筆記》，收入孫致中等校點《紀曉嵐文集·第二冊》，石家莊市：河北教育出版社，1991年。

8. 紀昀等撰：《四庫全書總目》，臺北：藝文印書館，民國78年。

9. 祝允明撰：《猥談》，見明·馮可賓輯《廣百川學海》，臺北：新興書局影印明刻本，民國59年。

10. 高儒撰：《百川書志》，收入嚴靈峰編《書目類編·二十七冊》，臺北：成文出版社，影印民國46年上海古典文學出版社排印本。

11. 陸游撰：《老學庵筆記》，上海書店影印涵芬樓本。

12. 葉子奇撰：《草木子》（明刻本）。收入臺灣商務印書館印行《四庫全書珍本·十集》。

13. 陳振孫撰：《直齋書錄解題》（點校本）。上海：上海古籍出版社，1987年。

14. 俞樾撰：《茶香室叢鈔·續鈔·三鈔》（二），筆記續編，臺北：廣文書局，民國58年。

15. 陶宗儀撰：《南村輟耕錄》，吳縣潘氏滂憙齋藏元刊本，《四部叢刊廣編·三〇》，臺北：臺灣商務印書館，民國70年。

16. 劉一清撰：《錢塘遺事》，上海：上海古籍出版社，1985年。

（乙）民國以後

1. 中央圖書館編：《國立中央圖書館善本書目》，民國75年。

2. 王秋桂編：《中國民間傳說論集》，臺北：聯經出版公司，民國69年。

3. 王秋桂編：《中國文學論著譯叢》，臺北：臺灣學生書局，民國74年。

4. 王夢鷗撰：《唐人小說研究二集》，臺北：藝文印書館，民國62年。

5. 田漢撰：《田漢文集·十二》，北京：中國戲劇出版社，1984年。

6. 田漢撰：《田漢文集·十三》，北京：中國戲劇出版社，1985年。

7. 朱瑞熙、程啟健譯注：《宋代筆記小說》，臺北：錦繡出版公司，民國82年。

8. 江蘇省社會科學院、明清小說研究中心、文學研究所編：《中國通俗小說總目提要》，北京：中國文聯出版公司，1990年。

9. 吳志達撰：《明清文學史·明代卷》，武昌：武漢大學出版社，1991年。

10. 吳騫撰：《拜經樓詩話》，收入丁福保編《清詩話》，臺北：木鐸出版社，

民國 77 年。

11. 沈宗憲撰：《宋代民間的幽冥世界觀》，臺北：商鼎文化出版社，1993 年。

12. 沈欽韓註：《王荊公詩文沈氏註》，臺北：新文豐出版公司，民國 68 年。

13. 周純一編：《劉寶全的京韻大鼓藝術》，臺北：行政院文建會出版，民國 78 年。

14. 胡士瑩撰：《話本小說概論》，北京：中華書局，1980 年。

15. 俞大綱撰：《戲劇縱橫談》，臺北：傳記文學出版社，民國 68 年。

16. 姚廣孝等編：《永樂大典・第四冊・目錄卷三一～六○》，臺北：世界書局，民國 66 年。

17. 唐翼明撰：《古典今論》，臺北：東大圖書公司，民國 80 年。

18. 夏志清撰：《愛情・社會・小說》，臺北：純文學出版社，民國 68 年。

19. 徐扶明著：《紅樓夢與戲曲比較研究》，上海：上海古籍出版社，1984 年。

20. 張友鶴註：《唐宋傳奇選》，臺北：明文書局，民國 76 年。

21. 張向華編：《田漢年譜》，北京：中國戲劇出版社，1992 年。

22. 陳鵬翔編：《主題學研究論文集》，臺北：東大圖書公司，民國 72 年。

23. 曾白融編：《京劇劇目辭典》，北京：中國戲劇出版社，1989 年。

24. 葉慶炳撰：《中國文學史》，臺北：臺灣學生書局，民國 76 年。

25. 路工撰：《訪書見聞錄》，上海：上海古籍出版社，1985 年。

26. 劉大杰撰：《中國文學發展史》，臺北：華正書局，民國 77 年。

27. 劉子健撰：《兩宋史研究彙編》，臺北：聯經出版公司，民國 76 年。

28. 編委會編：《中國古代小說百科全書》，北京：中國大百科全書出版社，1993 年。

29. 蔣瑞藻撰：《小說枝談》，臺北：河洛圖書出版社，民國 68 年。

30. 蔣瑞藻撰：《小說考證》，臺北：河洛圖書出版社，民國 68 年。

31. 蔣瑞藻撰：《彙印小說考證》，臺北：臺灣商務印書館，民國 64 年。

32. 錢靜方撰：《小說叢考》，臺北：長安出版社，民國 68 年。

33. 錢謙益撰：《列朝詩集小傳》，臺北：世界書局，民國 54 年。

34. 龍潛庵編：《宋元語言辭典》，上海：上海辭書出版社，1985 年。

35. 顏元叔編：《西洋文學辭典》，臺北：正中書局，民國 80 年。

36. 魏明倫撰：《苦吟成戲》，上海：上海文藝出版社，1989 年。

37. 譚正璧撰、譚導補正：《話本與古劇》（重訂本）。上海：上海古籍出版社，1985 年。

38. 譚達先撰：《中國傳說概述》，臺北：貫雅文化公司，民國 82 年。

39. 蘇州評彈研究會編，周良主編：《評彈知識手冊》，上海：上海文藝出版社，1988 年。

40. 顧頡剛編：《孟姜女故事研究集》，臺北：漢京文化事業公司，民國 74 年。

（丙）譯著及外文著作

1. 韋勒克（RenèWellek）撰：《文學論》（王夢鷗等譯）。臺北：志文出版社，民國 68 年。

2. 佛斯特（E.M.Forster）撰：《小說面面觀》（李文彬譯）。臺北：志文出版社，民國 82 年。

3. 里蒙‧凱南（Rimmon-Kenan）撰：《敘事虛構作品》（姚錦清等譯）。北京：三聯書店，1987 年。

4. Wang Kam Ming 撰：《紅樓夢的敘述藝術》（黎登鑫譯）。臺北：成文出版社，民國 66 年。

5. 卡普費雷（Jean-Noël Kapferer）撰：《謠言》（鄭若麟、邊芹譯），臺北：桂冠圖書公司，1992 年。

6. Glen Dudbridge（杜德橋）. The Tale of Li Wa—Study and critical edition of a Chinese story from the ninth century. 《李娃傳》) London:Ithaca, 1983.

7. J.-P.DE BEAUMARCHAIS. Dictionnaire des Littératures de langue francaise. 《法語文學辭典》) Paris: Bordas, 1987.

四、期刊論文

（甲）單篇論文

1. 李家瑞撰：〈說彈詞〉，《中研院史語所集刊》第六本第一分，頁 103～120。

2. 邵曾祺撰：〈宋元戲曲小說中的負心型故事及其後來〉，收入趙景深主編《中國古典小說戲曲論集》，上海：上海古籍出版社，1985 年。

3. 馬幼垣撰：〈筆記、傳奇、變文、話本、公案——綜論中國傳統短篇小說的形式〉，收入靜宜學院中國古典小說研究中心編《中國古典小說研究專集‧一》，臺北：聯經出版公司，民國 68 年。

4. 梁啟超撰：〈中國韻文裡頭所表現的情感〉，收入氏著《飲冰室專集‧第七冊》，臺北：臺灣中華書局，民國 67 年。

5. 梁啟超撰：〈王荊公〉，同上第八冊。

6. 趙景深撰：〈王玉峰的《焚香記》〉，收入氏著《中國戲曲初考》，河南：中州書畫社，1983 年，頁 197～199。

（乙）臺灣地區期刊報紙

1. 王安祈撰：〈有關梨園戲《王魁》劇本研究的幾點補充和疑問〉，《民俗曲

藝》，梨園戲專輯（下），76 期，民國 81 年 3 月，頁 59～71。

2. 王安祈撰：〈川劇王魁戲與目連戲的關係〉，《民俗曲藝》，目連戲專輯（上），77 期，民國 81 年 5 月，頁 149～168。

3. 王安祈撰：〈王魁戲幾種不同的結局〉，《東海學報》，33 卷，民國 81 年 6 月，頁 139～154。

4. 王安祈撰：〈川劇王魁戲的四個系統及其影響〉，《清華學報》，新 22 卷第 2 期，民國 81 年 6 月，頁 119～142。

5. 林鶴宜撰：〈臺灣地區「中國古典戲曲研究」博、碩士學位論文寫作概況（民國四十五～八十二年）（上）〉，《國文天地》，9 卷 5 期，民國 82 年 10 月，頁 92～97。

6. 林鶴宜撰：〈臺灣地區「中國古典戲曲研究」博、碩士學位論文寫作概況（民國四十五～八十二年）（下）〉，《國文天地》，9 卷 6 期，民國 82 年 11 月，頁 102～109。

7. 林鶴宜撰：〈晚明戲曲刊行概況〉，《漢學研究》，第 9 卷第 1 期，民國 80 年 6 月，頁 287～327。

8. 昌彼得撰：〈國立中央圖書館善本書志——類說〉，收入《國立中央圖書館館刊》，新一卷第二期，民國 56 年 10 月，頁 74～78。

9. 吳捷秋撰：〈梨園戲研究〉，《民俗曲藝》，梨園戲專輯（上），75 期，民國 81 年 1 月，頁 4～72。

10. 張火慶撰：〈貧賤之交不可忘，糟糠之妻不下堂——早期南戲傳奇的婚變劇〉，《鵝湖》月刊，第 15 卷第 7 期（總號 175），1990 年 1 月，頁 26～34。

11. 曾金錚撰：〈梨園戲傳統劇目考〉，《民俗曲藝》，梨園戲專輯（上），75 期，民國 81 年 1 月，頁 117～120。

12. 鄧綏寧撰：〈王魁與桂英〉，臺灣：中央日報，民國 52 年 11 月 24 日。

13. 鄭培凱撰：〈癡心女子負心漢——影片「人生」所反映的社會道德意識〉，《當代》，1986 年 8 月，第 4 期，頁 52～59。

14. 劉靜貞撰：〈宋人的冥報觀——洪邁《夷堅志》試探〉，《食貨月刊復刊》第 9 卷第 11 期，民國 69 年 2 月，頁 454～460。

（丙）大陸地區期刊論文

1. 不詳撰：〈蒲劇《海神廟軼事》將搬上銀幕〉，《蒲劇藝術》，1987 年第 3 期，頁 1～3。

2. 冬尼撰：〈川劇作家趙熙及其《情探》〉，《戲劇論叢》，1957 年第 4 輯，北京：中國戲劇出版社，1957 年。

3. 李簡撰：〈《九宮正始》所據《九宮十三調詞譜》及所引「元傳奇」時代質

疑〉，《藝術研究》（浙江省藝術研究所），第 9 輯，頁 167～190。

4. 車文撰：〈看《焚香記》所想到的又一次有益的嘗試〉，《江蘇戲劇》，1984 年第 4 期，頁 9～10 頁。

5. 胡少權口述、蕭士雄整理：〈趙熙寫作《情探》始末〉，《川劇藝術》，1985 第 2 期，頁 36～37。

6. 徐宏圖撰：〈《王魁》三議〉，見《南戲探討集》，第 5 輯，浙江省溫州市藝術研究室，1987 年 5 月，頁 102～116。

7. 許肇鼎撰：〈王魁的故事和劇本〉，《四川大學學報》哲學社會科學版，1980 年第 2 期，頁 74～78。

8. 程毅中撰：〈異聞集考〉，《文史》，第 7 輯，北京：中華書局，1979 年，頁 237～249。

9. 戴德源撰：〈近代川劇舞台上的王魁戲〉，中國藝術研究院戲曲研究所《戲曲研究》，第 9 輯，北京：文化藝術出版社，1983 年，頁 245～249。

10. 戴德源撰：〈《情探》留文考〉，中國藝術研究院戲曲研究所《戲曲研究》，32 輯，北京：文化藝術出版社，1990 年，頁 70～80。

11. 孔瑾撰：〈從趙貞女到秦香蓮〉，《劇作家》（哈爾濱），1991 年第 2 期，頁 88～95。

12. 李德富撰：〈我在《打神告廟》中的水袖藝術〉，《戲劇報月刊》，1985 年第 6 期（總 337 期），頁 63～64（下轉 36 頁）。

13. 易征祥口述、一丁整理：〈憶康子林演《情探》〉，《川劇藝術》，1985 年第 4 期，頁 30～34。

14. 張虹撰：〈戲與技的結合——談《打神告廟》的表演〉，（南京）《劇影月報》，1993 年第 5 期（總第 179 期）。

15. 唐思敏撰：〈記陽友鶴演焦桂英〉，《戲劇報》月刊，1985 年第 6 期（總 337 期），頁 49～51。

16. 唐思敏整理、易征祥口述：〈關於川劇《活捉王魁》的表演〉，《中國戲劇》1988 年第 9 期（總 376 期），頁 36～37。

17. 徐進撰：〈傅全香的藝術魅力〉，《中國戲劇》，1988 第 8 期，頁 26～28。

18. 鍾韜撰：〈名通質變，創意造言——川劇中王魁戲嬗變的描述〉，《戲曲藝術》，1989 第 1 期（總 38 期），頁 93～98。

19. 戴德源撰：〈怨歌一曲唱新譜，倩魂千載繞餘音——川劇王魁戲源流〉，《成都大學學報》社科版，1983 第 2 期，頁 57～67。